KB263697

3·1만세운동의 연출자 '손병희'

대한민국헌법 전문은 다음과 같은 내용으로 시작됩니다.

'유구한 역사와 전통에 빛나는 우리 대한 국민은 3·1운동으로 건
립된 대한민국임시정부의 법통과 불의에 항거한 4·19민주이념을
계승하고…'

이 내용을 통해 우리가 알 수 있는 것은, 3·1만세운동의 정신이
대한민국의 정통성을 형성하는 민족정신이라고 하는 것을 모두가
인정해야 하고, 인정되어야만 한다는 것입니다.

그렇다면 대한민국 모든 사람들이 3·1만세운동에 대하여 잘 알
고 있어야 하고, 누구든지 3·1만세운동에 대하여 제대로 설명할 수
있는 정도는 되어야 마땅한 일인데, 어쩐 일인지 그런 사람을 만나
기는 쉽지 않습니다.

나아가 모르는 것은 둘째 치고, 왜곡되게 알고 있으면서 그것이

마치 3·1만세운동의 진짜 모습인 양 떠들고 다니는 사람들도 매우 많다는 사실입니다.

그 중 한 사람이 이 글을 읽는 당신일 가능성도 간과할 수 없는 일이죠.

그리고 부끄러운 고백이지만 저도 이 글을 쓰기 위해 많은 자료들을 살펴보기 전까지는 3·1만세운동에 대하여 왜곡시켜 왔다는 것을 부끄러운 마음으로 인정합니다.

'조선 사람들이 자기의 역사와 전통을 알지 못하게 하라. 그렇게 뿌리가 없는 민족으로 교육하여 그들의 민족을 부끄럽게 하라. 이 것이 바로 식민지 국민을 만드는 비법이다.'

- 초대 조선 총독이자 일본제국 제18대 내각총리대신
'데라우치 마사타케(寺內正毅)'

조선 초대 총독 데라우치 마사타케(寺內正毅)는 왜 이런 정책을 폈을까요?

그렇습니다. 그들은 우리나라를 지배하는 동안, 우리들의 머릿속에 식민교육이라는 벌레를 심어놓기 위한 겁니다.

그렇게 되면 조선의 국민들은 자신감이 없어져 우리 민족이 걸어온 찬란한 역사를 부정하게 되거나 마침내 왜곡된 역사를 가지고 서로 맞다고 싸우게 될 것을 알고 있었기 때문입니다.

이러한 정책을 이겨내지 못 한 우리는, 지금도 일제가 심어놓은 이간질 속에서 방향을 잃은 채 시간을 허비하고 있었던 겁니다.

그래서 대한민국을 대표하는 사학자 단재 신채호 선생께서는 '영토를 잃은 민족은 재생할 수 있어도 역사를 잃은 민족은 재생할 수 없다.'라고 단호하게 말하셨습니다.

어떠세요? 단재 선생님의 말씀이 피부에 와닿으시나요?

그렇습니다. 우리가 우리의 역사를 바르게 알지 못하면서, 어떻게 일본을 넘어설 수 있겠습니까!

일본이 심어놓은 식민사상에서 계속 헤매고 있는데, 어떻게 대한민국의 미래와 드넓은 세계를 향해 나갈 수가 있겠습니까!

저자는 이 글이 계기가 되어 많은 학생들이 3·1만세운동에 더 많은 관심을 갖게 되고, 나아가 올바른 역사관이 형성된다면 더 바랄 바가 없습니다.

이제라도 대한민국 방방곡곡에서 일어난 3·1만세운동의 역사를 되살리는 작업들이 매우 빠르게 번지는 벌판의 불길처럼 일어나고, 마침내는 일제가 심어놓은 식민사관이라는 묵정밭을 송두리째 태워버리는 역사가 실현되기를 간절히 간절히 소망해 봅니다.

2025년 8월 15일

대한민국의 아이들이 세계의 중심이 되는 세상을 꿈꾸는 신동명 박사가
대한민국의 미래이자 희망인 청소년들에게 드림

한 사람의 성장 과정과 그의 삶을 올바르게 이해한다는 것은 쉬운 일은 아닙니다. 그렇지만 그의 걸어온 삶의 과정을 통해 그가 어떤 인물인지는 이해할 수 있습니다. 더욱이나 그 시대의 상황을 체험하거나 이해하지 못하고 '오늘의 시선' 또는 '자기만의 생각'으로 판단하는 것은 매우 어리석은 일이기도 합니다. 그럼에도 많은 사람들은 오늘의 시선과 자기만의 생각으로 한 인물을 평가하기도 하고 이해하기도 합니다. 역사적이거나 존경받는 인물에 대해서도 마찬가지가 아닌가 합니다.

'근대'라는 시기에 풍운아처럼 살아온 인물들은 우리 역사에는 무수히 많습니다. 외세의 침략에 맞서 조국과 민족을 위해 올곧이 자신을 희생한 사람뿐만 아니라 애국에서 친일로, 친일에서 애국으로 삶을 바꾼 사람 등등 다양한 모습을 보여주고 있습니다. 그럼에도 개개인의 삶을 오늘의 눈으로 조명해본다는 것은 흥미로운 일이 아닐 수 없습니다. 이 책은 그럼 점에서 의미가 있다고 할 수 있습니다.

3·1운동 민족대표 의암 손병희.

그의 삶은 어떠했을까. 손병희는 한말 나라의 운명이 위기에 있었던 시기에 태어났습니다. 그는 차별이 엄격한 사회를 몸소 겪으면서 이를 극복하고자 온 몸을 희생하였습니다. 어려서는 가정으로부터 차별을 극복하고자 하였으며, 청년기에는 스스로를 망가뜨리면서 사회적 불평등에 저항하기도 하였습니다. 불의를 보면 참지 못하였으며, 어려운 처지에 있는 경우에는 자신을 내던지기도 하였습니다.

이러한 삶을 보내던 손병희는 1882년 동학(훗날 천도교)에 입도하였습니다. 그가 동학에 입도한 것은 새로운 세상을 만들어보고자 하였기 때문입니다. 처음에는 동학에 입도하면 삼재팔난에서 벗어날 수 있다고 하였지만, 그는 오히려 삼재팔난이 와서 불평등하고 차별이 많은 세상이 하루빨리 망하였으면 좋겠다고 하였습니다. 그렇지만 동학은 '모든 사람이 평등하고 나라를 지키고 사람을 평안하게 한다.'는 가르침을 알고는 바로 입도하였습니다. 이후 그는 새로운 사람으로 태어났으며, 동학의 가르침에 충실한 삶을 살아갔습니다. 그는 1984년 반봉건 반외세의 동학농민혁명을 전봉준과 함께 지도하였으며, 일제강점기에는 최대의 민족운동으로 평가받고 있는 3·1만세운동을 민족대표로써 영도하였습니다.

이민족 일본은 1910년 8월 29일 우리나라를 지배하면서 민족차별과 독립운동 탄압으로 36년 동안 지배하였습니다. 수많은 인물들이 조국의 독립을 위해 투쟁하였고, 오늘날 우리는 이들은 '독립운동가'라고 존경하고 있습니다.

이 책은 3·1만세운동의 준비와 전개 과정을 잘 그려내고 있습니다. 그 과정에서 우리가 잘 몰랐던 손병희의 모습을 담담하게 녹여내고 있습니다. 일제강점기 3·1만세운동에는 많은 분들이 '대한독립만세'를 불렀습니다. 이 3·1만세운동은 당시 천도교 최고지도자 손병희의 역할이 누구보다 컸습니다. 그는 어려운 고비마다 명철한 판단을 하였으며, 먼저 실천함으로써 전국에 만세 소리가 울려 퍼지도록 만들었습니다.

그런 점에서 이 책은 3·1운동 당시 손병희의 삶을 이해하는데 중요한 의미가 있다고 할 수 있습니다. 손병희의 진솔한 삶을 마음을 되새겨보면서, 역사의 인물로 성장해가는 스스로의 모습을 그려보기를 기대합니다.

역사학자 희암 성주현 심고

Contents

3·1만세운동의 연출자
'손병희'

저자 신동명

도서출판 혜민 기획

1

천도교 부산대동교구, 3·1만세운동 역사바로잡기 불이 붙다

"3·1만세운동은 누가 주도한 겁니까?"

"동학의 정신을 계승한 천도교 3대 교주 의암 손병희와 천도교 교인들이 '보국안민'의 실천 교리에 따라 전국적으로 대한독립만세운동을 전개한 것이 3·1만세운동입니다."

"그런데 왜? 3·1만세운동이란 말만 나오면 유관순을 말하는 겁니까?"

"이것이 올바른 역사인식입니까?"

"이렇게 된 게 도대체 누구의 책임입니까?"

"아직도 남의 탓만 하고 있을 겁니까? 바로 우리의 책임인 겁니다."

“우리가 나서지 않았고, 우리가 바로잡지 못했기 때문에 이런 문제가 발생한 것 아닙니까.”

부산 남구 수영로 135-2에 자리한 천도교 부산대동교구에서 천도말씀을 하는 새날이 아버지 신동명 박사의 강한 일침은 계속되었습니다.

“이런 일이 계속된다면 3·1만세운동을 10년간 준비하고 마침내 성공시킨 의암 손병희 성사께서는 지하에서 통곡하고 계실 겁니다. 모든 것을 계획하고, 모든 것을 준비하고, 마침내 고문 후유증으로 돌아가시기까지 하셨는데, 다른 사람이 역사적 평가를 받는다는 것은 올바른 역사 정립이 아닙니다. 유관순 열사의 희생이 잘못되었다는 것이 아니라, 하나에서 열까지 모든 것을 준비하고 실천한 분들이 제대로 평가받지 못하는 지금의 역사인식은 잘못된 것 아니겠습니까? 유관순은 3·1만세운동의 상징적 희생자일 뿐, 3·1만세운동의 주최자가 아닙니다. 3·1만세운동의 주최자는 손병희와 천도교 교인들이라는 걸 이제라도 바로 세웁시다.”

천도교 부산대동교구의 연단에서 천도말씀을 전하는 신동명박사의 말을 듣는 교인들은 기쁨의 박수와 앞으로 함께 하겠다는 환호성으로 교당을 메우고 있었습니다.

“박사님. 최고.”

“역사를 바로 세웁시다.”

“우리가 나서야 합니다.”

그중 한 분이 손을 들었습니다. 수줍은 소녀 같은 모습에 안경을 끼고 차분하게 생기신 여자 어르신이었습니다.

"오늘 신박사님의 천도말씀에 너무나도 감동받았습니다. 저는 그동안 집에서 '3·1만세운동은 손병희 성사님과 천도교 지도부가 준비한 것이고 300여만의 천도교 그리고 불교, 기독교 교인들이 합심하여 일으킨 대국민 항쟁운동이었어.'라고 말하면 손자 손녀들이 '아니야 할머니. 3·1만세운동은 유관순 누나가 한 거야. 우리 선생님이 그렇게 말씀하셨어.'라고 대답할 때마다 너무나도 가슴이 아팠습니다. 대한민국 전 국토에서 일어난 거국적 민족 항쟁이 한낱 16살 가냘픈 어린 소녀가 개인적으로 항거하다가 고통을 당한 일회성 일화처럼 아이들에게 가르쳐지고 있다는 것이 정말 안타까웠

죠. 잔인무도한 일제가 대한민국의 강토를 짓밟고 한울민족의 정신을 말살하려는 침탈 야욕에 맞서, 우리 한민족이 불굴의 의지로 대한독립의 정신을 불태우고 민족 공동체가 혼연일체 되어 세차고 꿋꿋하게 떨쳐 일어났던 3·1만세 항쟁의 민족 공동체 정신이 한낱 동화 속 소녀의 이야기로 축소되는 것 같아 못내 아쉬웠던 겁니다.

그런데 오늘 이렇게 신동명 박사님께서, 3·1만세항쟁은 동화 속 어린 소녀의 일화가 아니라, 천도교 교주 의암 손병희 성사님과 천도교 기독교 불교를 총망라한 거국적인 민족운동이었다는 것을 세세하게 설명해 주시고, 진실된 역사를 바로 세워서 우리 한울민족이 대동단결하는 공동체 정신을 올곧게 해야 한다는 말씀을 해 주시니, 마침내 내 응어리진 한이 오늘에서야 뻥 뚫린 것 같습니다. 너무나도 고맙습니다."

그러자 많은 분들이 박수를 치고 고개를 끄덕이며 동의하셨습니다.

"맞습니다. 속이 다 시원합니다. 3·1만세항쟁의 주최자가 누구인지 바로 잡아야 합니다. 그래서 국난에 맞서며 불의에 항거했던, 남을 해하지 않는 한울님의 섬김 정신을 누가 실천했는지 바로 세워야합니다."

이런 광경을 처음 본 신새날은 당황스러웠습니다.

왜냐고요? 신새날도 3·1운동은 유관순 누나가 한 걸로 알고 있었기 때문입니다.

천도말씀이 끝나고 교당 내에 있는 식당으로 이동을 하는데, 아까 손을 들고 소녀처럼 발표를 하시던 할머니께서 눈물을 그렁그렁하시며 새날이 아빠의 두 손을 꼭 잡고,

"감사합니다. 감사합니다."라는 말을 연거푸 하셨습니다.

이 모습을 옆에서 지켜보던 새날이는

'아빠랑 3·1만세운동에 대하여 많은 이야기를 해야겠구나.' 하는 생각이 들었습니다.

그날 신동명 박사의 두 손을 꼭 잡은 사람은 그 할머니뿐이 아니라 그날 참석한 50여 명의 교인들 모두였습니다.

시일식이 끝나고 헤어짐을 아쉬워하며 교구 마당까지 나와 손을 흔드는 교인들의 모습을 뒤로 한 채 '수운천도체' 한글폰트 제작 후원금 마련을 위해 동두천에서 부산 대동교구까지 먼 길을 방문한 동두천 교구장 강정환, 천도교 부산 대동교구장 장인갑, 총무 강병로, 그리고 신새날과 신 박사, 이렇게 다섯 사람은 '부산 남구 홍곡로 320번길 100'에 건립된 '국립일제강제동원역사관'으로 발길을 옮겼습니다.

부산 당곡공원 안에 마련된 '국립일제강제동원역사관'은 그 규모가 엄청나게 컸습니다.

부산이 품고 있는 3·1운동과 독립의 역사를 바로 세우고 그 정신을 제대로 계승하겠다는 의지가 그 역사관의 규모에서 전달되는 거 같아 다행스럽다는 생각이 들었습니다.

　우리의 걸음은 3·1운동 민족대표 '홍암(泓菴) 라인협(羅仁協) 애국지사'의 묘지 표지석이 모셔져 있는 장소로 발길을 옮겼습니다.

　기념관의 맨 윗자리에 위치한 '홍암(泓菴) 라인협(羅仁協) 애국지사'의 묘지 표지석과 흉상을 만나러 다섯 사람은 한 계단 한 계단 걸음을 내디뎠습니다. 3·1만세운동의 정신을 이어가겠다는 다섯 사람의 마음을 아는지 '국립일제강제동원역사관' 정상에는 홍매화가 빨갛게 꽃망울을 터뜨리고 있었습니다. 마치 1919년 3월 1일 전국적으로 터져 나왔을 함성소리처럼 빨갛게 꽃피어 있었던 겁니다.

　6·25 전쟁통에 두 개로 쪼개졌던 '홍암(泓菴) 라인협(羅仁協) 애국지사'의 묘지 표지석을 말끔히 복원한 모습을 '국립일제강제동원역사관' 정상에서 보면서 '올바른 외침으로 만들어 낸 위대한 역사'

는 어떠한 왜곡의 시간을 거치더라도 반드시 복원될 수밖에 없음을 확인하는 행복한 시간이었습니다.

의정부로 상경하기 위해 KTX가 있는 부산역으로 가는 길에서 만난 바람은 따뜻했습니다. 이 봄바람이 경산(慶山), 대구(大邱), 대전(大田), 청주(淸州), 경기남부, 서울, 그리고 경기북부까지 서서히 스며들 것을 생각하니 어디선가 포근함이 밀려오고 있었습니다.

"대동교구장님. 오늘 교인들과 약속한 것이 반드시 부산에서는 이루어져야 할 거 같습니다. 저렇게 열화와 같은 성원을 보내시니 '라인협 독립운동가 정신 함양' 독서토론대회는 반드시 성공시켜야 할 거 같은데요!"

"저희도 어떻게 하면 부산에서 3·1운동 정신에 불을 지필 수 있을지 고민하고 있던 중에 박사님이 그 방향을 제시해주셔서 너무나도 감사할 따름입니다."

천도교 부산 대동교구 장인갑 교구장님은 2025년 2월 15일 시일식에서 확인한 교인들의 열기를 어떻게 담아낼 것인가 고민하겠다는 약속을 주셨습니다.

"동두천 교구도 올해 안에 3·1운동 정신 함양을 위한 독서토론대회를 실시할 겁니다. 대한민국의 가장 북쪽 동두천 교구와 가장 남쪽 부산 대동교구가 3·1 만세운동을 재조명하는 청소년독서토론운동을 함께 펼쳐나간다면 굉장한 사회적 파급효과가 생기리라 봅니다. 낙동에서 임진까지 3·1운동 정신으로 하나 되는 큰 물결. 이번 기회에 한 번 만들어보시죠."

이별의 악수를 하며, 향후 함께할 내용을 다시 한번 확인하시는 동두천교구 강정환 교구장님.

"아빠. 오늘 천도말씀에 3·1운동과 의암 손병희 성사에 대하여 말씀하셨잖아요?"

"그랬지."

"근데 왜 3·1운동하면 우리는 유관순만 생각하게 된 걸까요?"

새날이가 아빠에게 물었습니다.

"그러게. 그래서 그 원인을 찾아 올바르게 바꾸어 보자는 게 아빠의 주장이라고 보면 된단다."

"왜 그런 이상한 일이 생긴 걸까요?"

"거기에는 아주 많은 이야기가 숨어 있지."

신새날은 아버지와 서울역행 KTX를 타고 올라가면서 왜 지금 세대는 3·1만세운동 하면 유관순 누나가 생각나는지에 대하여 이야기를 듣고 싶었습니다.

2

1919년 2월 27일.
일촉즉발(一觸卽發)의 밤

"당장 문을 열어라. 당장."

안으로 걸어 잠근 인쇄소 보성사의 굳게 닫힌 문이 앞뒤로 세차게 흔들렸습니다.

"쾅. 쾅. 쾅. 쾅."

"너희들 안에서 무슨 짓을 하고 있는지 다 알고 왔으니 지금 당장 문을 열어라. 다시 한번 경고한다. 지금 당장 열지 않으면 문을 부수고라도 들어가겠다."

밖에서 들려오는 고함소리에 사장 이종일은 번개를 맞은 듯 소스라치게 놀라며 모든 움직임을 멈췄습니다.

그리고 몰래 같이 작업을 하던 감독 김홍규와 총무 장효근, 직공

신영구에게 눈빛으로 인쇄물들을 숨기라고 지시했죠.

세 사람은 재빨리 움직였습니다.

그러나 일제 앞잡이 순사 신승희의 독기 서린 목소리는 또다시 들려왔습니다.

"안에서 문 잠근 거 다 알고 왔다. 당장 문 열어라! 당장."

"쿵. 쿠~웅. 쿵."

사장 이종일과 세 사람의 심장 소리는 고요함을 깨고 밖까지 들릴 듯 세차게 뛰었습니다. 아무리 빨리 움직여도 인쇄물 1만 부를 완벽히 숨기는 것은 불가능한 상태.

순간 독사같이 음흉한 민완 형사 신승희가 최후통첩을 전해왔습니다.

"다섯을 세겠다. 이번이 마지막이다. 다섯을 셀 때까지 당장 문을 열지 않으면 총으로 문고리를 부수고 들어가겠다. 하나. 둘. 셋. 넷…"

보성사 사장 이종일은 더 이상 버틸 수 없다는 것을 감지하고 큰 기침을 하며 대답했죠.

"알았소. 알았소. 나가리다. 잠시만 기다려 주시오."

"뭐가 잠시냐? 지금 당장 열어."

"쾅. 쾅. 쾅. 쾅."

이종일이 열어준 인쇄소 안으로 들어서자마자 일제 민완형사 신승희는 이종일의 머리에 권총을 들이댔습니다. 그리고는 빠른 손놀

림으로 권총의 안전장치를 푸는 동시에 공이치기를 뒤로 당기는 것
이었습니다.

사시나무 떨듯 떨며 간신히 몸을 추스르는 이종일.

순사 신승희의 입가에는 이내 음흉한 미소가 얼굴 전체로 번져나
갔습니다.

"그럼 그렇지. 내 생각이 정확하구만."

인쇄소 안은 급히 치우느라 사방으로 흩어져 있는 인쇄물들로 어
수선했습니다.

"이 인쇄물에 무슨 비밀이 있기에 아무도 몰래 윤전기를 돌린 걸
까? 안으로 문까지 걸어 잠그고."

사장 이종일이 보는 앞에서 윤전기를 멈추고 '독립선언서' 한 장
을 빼내어 보는 일본순사 신승희. 그리고 그의 얼굴은 서서히 일그

러지기 시작했습니다.

"아쭈~. 이것들 봐라! 독립선언서?"

신승희의 날카로운 목소리와 얼굴 표정의 변화에 공포와 분노로 오금이 저려 오는 이종일입니다. 그는 무릎을 꿇고 두 손을 모아 읍소(泣訴)하기 시작했습니다.

"신승희 형사님. 하루만 지나면 모든 것이 드러날 터이니 오늘 하루만 눈감아 주십시오."

모서리에 숨어 이 광경을 지켜보던 세 직원도 어떻게 이 위기를 넘길지 고민하는 표정이 역력했습니다. 그러나 신승희, 그가 누굽니까? 수많은 애국동포를 검거하여 무참히 고문을 자행했던 종로서 한인 민완형사 아닙니까. 생각은 독사요, 행동은 생쥐처럼 날쌔서 조선인들에게는 공포의 대상 그 자체였던 그를 지금 눈앞에서 마주하고 있는 겁니다.

그런데 순간, 그의 표정이 옅은 미소로 바뀌더니 두 눈을 살짝 감는 것이었습니다.

이때다 싶은 이종일이 무릎으로 기어 그에게 다가가며 말했습니다.

"형사님. 우리가 어디 하루 이틀 아는 사이입니까? 이번 일만은 막지 말아주십시오. 그게 아니라면 차라리 나를 이 자리에서 죽여주시오. 오늘 이것만은 막지 못합니다. 이번 일만은 눈감아 주십시오. 제발."

하지만 미동조차 하지 않는 일제 앞잡이 순사 신승희.

평소 같으면 농담도 곧잘 하던 그였지만, 이번에는 망부석처럼 묵묵부답으로 눈을 감고 있는 것이었죠.

"우리 이러지 말고 우리 대도주께 함께 갑시다. 당신도 조선 사람 아니오? 우리 대도주님에게 가서 의논 좀 합시다."

이종일이 벌떡 일어나며 신승희의 옷소매를 앞으로 끌어당겼습니다. 그리고 간절함이 섞인 목소리로 말했습니다.

"신 형사님. 제발 한 번만 대도주님을 만나주시오."

그러자 신승희의 입에서 튀어나온 뜻밖의 한마디.

"나는 여기 있을 테니 당신 혼자 갔다 오시오."

1919년 2월 27일의 오후는 일제 순사 신승희가 종로서 관내를 순시하는 날이었습니다. 그는 평소와 변함없이 보성고보의 뒷담을 지나고 있는데, 어디선가 소리가 들려왔던 겁니다.

"철커덕, 철커덕."

그 소리가 무슨 소린가 따라가 보니 보성사 인쇄소에서 나는 소리였고, 순간 그의 눈에 들어온 건 창문이 모두 가려져 있다는 것, 즉 밖으로 불빛이 나가는 것을 차단했다는 사실과 대문이 안으로 굳건히 잠겨 있다는 것이었습니다.

이 모든 정황은 독사 같은 신승희의 촉을 바짝 세우게 만드는 조건이 되었죠.

'이놈들이 뭔가 큰 사건을 준비하고 있구나! 오늘 제대로 한 건 하는 날이네. 체포를 해? 돈을 받아? 일단 증거 확보가 먼저다.'

생각이 정리된 그는 이내 인쇄소 보성사의 대문을 세차게 흔들어대었던 것이었습니다.

사장 이종일은 의암 손병희가 살고 있는 종로 숭인동까지 뒤도 돌아보지 않고 달렸습니다. 한시라도 시간을 줄여야 지금의 이 위험한 상황을 막을 수 있다는 생각에 발에 바람을 달고 달리는 중입니다.

'거사를 나흘 앞두고 이 무슨 변괴인가' 하고는 모든 게 자기 탓인 것처럼 상황을 곱씹으며 달렸죠.

'아~. 이것이 잘못되면 3·1만세운동은 모두 물거품이 된다.'

'왜 하필 이 시점에서 저 독사 같은 신승희가 나타났단 말인가?'

'오늘 이 일을 막지 못하면 10년을 준비한 대도주님의 뜻이자 조선 독립의 꿈은 물거품처럼 사라지고 만다.'

손병희 대도주가 거주하고 있는 숭인동 상춘원으로 달리는 내내 이종일의 머리 속에는 10년 동안, 천도교가 준비한 3·1만세운동이 실패해서는 안 된다는 생각만 가득 차 있었습니다.

그는 천도교 지도자 손병희가 얼마나 간절한 마음으로 조선 독립 10년을 준비해 왔는지, 일제(日帝)의 집요한 감시와 탄압 속에서 마음 졸이며 준비해 왔는지를 잘 알고 있던 터였기에 갖은 조바심이 가슴을 짓눌렀던 겁니다.

"대도주님. 큰일 났습니다. 일본 민완형사 신승희가 눈치를 채고 말았습니다. 어떡하죠? 대도주님."

10여 분 만에 상춘원에 도착한 이종일은 안방을 향해 소리쳤습니다.

그리고 이내 가쁜 숨을 몰아쉬었습니다.

"헉, 헉, 헉헉. 헉헉헉."

"무슨 급한 일이 일어났기에 그러나? 천천히 이야기해 보시게. 천천히 천천히. 당최 알아들을 수가 없구려."

가쁜 숨이 잦아들 때쯤, 이종일은 입을 다시 열었습니다.

"그러니까 지금 보성사에…"

"그래. 보성사에…"

"지금 보성사에 독사 같은 일본순사 신승희가 쳐들어왔습니다. 저희가 준비한 3·1만세운동을 눈치채고 말았습니다."

"뭐라고요? 일본 앞잡이 신승희가 눈치를 챘다고?"

보고 받는 의암 손병희의 눈은 순간 확장되었습니다.

"네. 그렇습니다."

"큰일 났습니다. 대도주."

사장 이종일은 방금 전에 일어난 사건을 의암 손병희에게 샅샅이 보고하였고, 전체 이야기를 들은 손병희는 긴 호흡을 내쉬며 눈을 감고 잠시 고민에 빠져들었죠.

그의 머리에서도 지난 10년의 시간이 주마등처럼 지나가고 있었습니다.

"혼자 왔는데 죽일까요?"

"그건 아니 됩니다. 그건 우리가 모시는 한울님의 정신에 배치되는 행동입니다."

"그럼 어찌해야 합니까?"

"이 모든 것은 한울님이 주관하신 일. 한울님의 뜻에 맡깁시다."

말을 마친 손병희 성사는 자리에서 일어나 안방으로 들어갔습니다. 그리고는 이내 한 손에 두툼한 돈뭉치를 가지고 나오는 것이 아니겠습니까?

"5천 원이네."

"아니. 이렇게 큰돈을…"

"이걸 가져다주시게. 그리고 아무쪼록 잘 무마해서 일을 처리하도록 최선을 다해주길 부탁하겠소."

"이 큰돈을 받고도 우리를 배신하면 어쩌시려고 그러십니까?"

"그야. 무위이화(無爲而化) 아니겠소. 한울님이 준비하신 길로 가겠지요. 이렇게 큰일을 인간인 우리가 어찌 감당하겠소. 잘 될 겁니다. 마무리 잘하세요."

"알겠습니다. 대도주님."

다시 바람을 밟고 달리는 이종일의 머리 속에는 딱 한마디만 남아서 되풀이되고 있었죠.

‘이걸로 무사히 넘어가야 한다. 이걸로 무사히 넘어가야 한다.’

인쇄소에 도착하자마자 뒷짐을 지고 기다리고 있는 신승희에게 사장 이종일은 돈뭉치를 넘겨주었습니다.

신승희는 잠시 돈뭉치를 펼쳐 눈으로 세어보더니, 생쥐 같은 얼굴에 미소를 띠고 아무 말 없이 사라지는 것이었습니다.

이제 며칠 뒤에 일어날 3·1만세운동이 성공할지 아니면 실패할지는, 이 사건으로 오직 한울님만이 아는 일이 되고 말았죠.

3

10년의 약속과 자주독립의 시작

"앞에서 가시는 분들은 어디를 가시는 분들이시오?"

성천교구 대접주 홍암(泓菴) 라인협(羅仁協)은 어둠 속에서 사람의 형체가 앞서가는 것을 보고 물었습니다.

"아! 저희는 우이동 도선사(道詵寺)에 가고 있습니다."

용강교구 대교구장 홍기조(洪基兆)가 대답했습니다.

"혹시 의암 손병희 대도주의 부름을 받은 분들이십니까?"

"그렇소만, 질문하시는 분은 누구신지? 혹시 천도교 동덕님 아니신가요?"

연이은 질문에 서로 같은 이유로 우이동 계곡을 들어섰음을 눈치챈 그들은 순간 반가움이 밀려왔습니다.

"아이고 반갑습니다. 저는 성천의 홍암입니다."

그러자 앞에 가던 사람들이 멈춰서며 대답했습니다.

"아이고 반갑습니다. 저희는 용강의 유암과 수암입니다. 그 유명한 홍암 대접주를 만나다니 반갑기 그지없습니다."

"무슨 소리하십니까. 저야말로 유암 대교구장님을 이렇게 만나니 반갑기 그지없습니다."

그들이 멈춰 서서 어둠을 밀어내며 인사를 나누는 동안, 우이동 계곡 밑에는 여러 사람의 목소리가 한꺼번에 울려 퍼지기 시작했습니다.

그날은 천도교 대도주 손병희가 조선을 독립시키겠다는 10년의 약속을 한 후, 구체적인 실천을 준비하는 첫 번째 모임이었던 겁니다.

천도교 수련장 봉황각이 아직 완성되지 않았음에 불구하고 불교 사찰인 도선사에서 첫모임을 시작하는 손병희 대도주.

그날 손병희 대도주가 제1회 49일 특별연성수련(1912년 4월 15일~1912년 6월 2일)에 지명 소집한 사람은 13개 도, 18개 교구, 21명으로, 이들은 지역에서 교인을 직접 교화 지도하는 핵심 간부들이었습니다. 이들 중에는 3·1만세운동 당시 천도교 측 민족대표로 참여한 4명(라인협, 박준승, 임예환, 홍기조)도 있었습니다.

"우리는 모두 한울님의 성품을 타고 났기에 모두가 한울님이오.

한울님의 성품은 평화이며, 공평이며, 평등입니다. 세상의 모든 사람들이 이 한울님의 성품을 이해하고 실천할 때 세상은 동귀일체(同歸一體)를 이루게 될 것이고, 마침내 한울님의 성품에 도달하게 되어 평화를 소중히 함으로써 싸우지 않고 비로소 다툼 없는 참세상이 만들어지게 되는 것입니다. 그러나 한울님의 성품에 도달하지 못한 자들이 세상을 다스리게 되면 세상의 모든 한울님들이 고통을 받게 되니, 그때 한울님의 성품을 깨닫고 실천하고자 하는 한울님들이 세상을 바로 세우고자 나서야 하는 것입니다. 이렇게 했을 때 비로소 개벽세상이요 지상천국이 도래하는 것입니다. 1894년 우리 선조님들이 동학이라는 이름으로 일어난 것도 한울님을 억압하는 세력을 물리치고 지상천국을 세우기 위한 노력인 겁니다. 살아서 지상천국을 만들겠다는 의지의 표명이 아니고 무엇이겠습니까."

"옳소."

"당연한 말입니다."

"개벽세상을 열어 갑시다."

"지상천국을 이룹시다."

깊은 산속 우이동 골짜기에는 손병희 대도주의 힘찬 연설로 새 울음소리조차 들리지 않았습니다.

"지금 일본은 한울님의 성품과는 너무나도 동떨어진 행동을 하고

있습니다. 조선의 한울님이 자신들보다 힘이 없다하여 한울님을 억압하고 착취하고 이간질하고 고문하고 살인하고 있습니다. 이는 한울님의 본성이 아닙니다. 이는 개벽세상을 열어나가지 않으면 우리가 모셔야 할 한울님들이 더욱 고통을 당할 수밖에 없다는 말과 다를 바 없음입니다.”

“척양척왜(斥洋斥倭), 보국안민(輔國安民)”

“일본 놈들을 몰아내자.”

“반드시 나라를 되찾읍시다.”

우이동 깊은 골 봉황각에 모인 천도교 교인들은 그동안 숨겨왔던 일제에 대한 분노를 한 움큼씩, 피를 토하듯 커다란 외침으로 쏟아

내고 있었습니다.

"그러나 우리가 선택할 수 있는 방법은 비폭력이오. 저들이 폭력으로 우리를 억압하고 짓밟는다 하여도 우리가 선택할 투쟁의 방법은 비폭력입니다. 왜냐하면 그것이 한울님의 성품이기 때문입니다. 우리는 우리가 믿는 한울님의 영성을 실천해야 합니다. 한울님의 성품으로 대항해야 합니다. 그래야 이 싸움을 이길 수 있습니다. 저들에게 어떠한 빌미도 주어서는 안 됩니다."

특별연성수련에 참가한 한 간부가 질문했습니다.

"대도주님의 뜻은 이해하나 어찌 저 강대한 적들과의 싸움에서 비폭력으로 대항할 수 있겠습니까? 너무나도 비현실적인 방법이 아닐까요?"

"아주 좋은 질문입니다. 비폭력이라는 방법으로 우리는 과연 이길 수 있느냐? 제 대답은 '우리는 반드시 이긴다.'입니다. 저는 분명히 자신 있게 말할 수 있습니다. 비폭력은 반드시 이깁니다. 왜냐 비폭력은 한울님의 본성에 가장 가까운 실천행위이기 때문입니다. 한울님의 본성에 맞게 계획을 짜면 그것은 결코 실패할 일이 없는 것입니다. 그 하나의 예를 들어볼까요? 수운 최제우 대신사께서는 후천개벽 평등세상이 올 것에 대하여 말씀하셨습니다. 그때 그 말을 아무도 믿지 않았습니다. 한울님의 본성을 이야기했음에 불구하고, 세상 사람들은 오히려 미친놈이라고 욕하고 삿대질만 해댔죠. 그러나 마침내 우리는 지금 노비가 없는 세상. 높고 낮음이 없는 평등한 세상에 살고 있습니다. 동학혁명 이후 우리가 이루어낸 대역사였습니다. 대신사님은 어찌 미래에 일어날 이 일을 알고 계셨던 걸까요? 그건 한울님의 품성이 어떤지를 잘 알고 있었기 때문 아니겠습니까. 이번에 우리가 선택한 비폭력도 한울님의 품성입니다. 그러니 우리가 못 이길 일은 절대 없는 겁니다.”

또 한 간부가 손을 들어 의암 손병희에게 물었습니다.

“저들의 고문은 악랄하기로 소문이 나있습니다. 과연 맨몸으로 싸워서 견뎌 이길 수 있을까요? 못 견디고 함께한 동지들의 이름을 내 입으로 고발할까 겁이 납니다.”

“지금 참 좋은 말씀하셨네요. 그렇습니다. 우리의 육체는 나약합니다. 일제는 분명히 독립운동에 앞장선 우리들에게 총칼을 앞세워 폭력을 휘두르고 악랄한 고문을 자행할 것입니다. 그 앞에 놓인 우리의 육체는 말할 수 없는 고통을 받을 것이며 육체의 나약함을 여실히 느끼게 될 겁니다. 그래서 저도 겁이 납니다. 사람이 어찌 고문을 받는다는데, 겁이 안 나겠습니까! 바로 그래서 정신을 강화해야 합니다. 우리가 이번 49일간의 특별연성훈련을 하는 이유도 그런 까닭입니다. 이 49일 특별연성훈련의 목표는 영성회복에 있고, 그 영성회복을 통해 정신으로 육체를 강하게 만들고자 하는 겁니다. 우리의 육체는 나약하지만 정신으로 그 약함을 뛰어넘을 수 있습니다. 그래서 이번 특별연성훈련 과정을 통해 정신을 강하게 만들어서, 지금 우리 앞에 펼쳐질 두려움을 극복하려고 하는 것입니다. 이번 49일 간의 특별연성훈련을 통해 정신이 육체의 고통을 넘어서는 위대한 경지에 오른다면, 우리는 세상에 두려울 것이 없습니다. 즉, 정신으로 육체를 통제할 수 있게 되기 때문이죠. 이번 기회를 통해 저들의 고문 앞에 당당할 수 있게 만들어줄 정신의 힘으로 나를 바꾸어 놓아야 할 것입니다. 그러한 경지에 오르려면 바로 한울님의 본성으로 나를 완전히 바뀌어 놓아야 하는 겁니다. 그것을 이신환성(以身換性)이라고 합니다. 육신의 안락을 버리고 삶 자체를 한울님의 본성에 맞추는 참된 삶. 이 자세가 이신환성인 것이죠. 이렇게 영성이 회복되어 육체의 고통을 넘어서는 정신세계로 바뀐다면 우리는 이겨낼 수 있습니다. 그 경지에 이르면, 고문하는 사람조차 우리의 의연한 태도에 존경심을 스스로 품게 될 것입니다."

제2회 49일 특별수련은 1912년 11월 1일에 이루어졌으며, 봉황각과 도선암 두 곳에서 실시되었고 전국 37개 교구에서 교구장 18명, 대교구장 23명 등이 대거 참여하였습니다. 또한 연원주와 교구 임원도 참여해 수련하였죠.

제3회 49일 특별수련은 1913년 1월 1일에 이루어졌으며, 수련원 봉황각 건립이 완성되어 봉황각에서 단독으로 진행되었습니다. 전국 37개 교구 대교구장 5명, 교구장 33명, 연원주 2명, 중앙총부 임원 5명, 교구 임원 4명이 참가하여 수련을 마쳤습니다.

제4회 49일 특별수련은 1913년 4월 6일에 이루어졌으며 지방

두목 49인을 선발하여 수련을 마쳤습니다.

　제5회 49일 특별수련은 1913년 11월 1일에 실시되었으며 전국 59개 교구에서 대교구장 6명, 교구장 53명, 연원주 26명, 교구임원 11명, 중앙총부임원 7명, 기타 2명이 참여하여 수련을 마쳤습니다.

　제6회 49일 특별수련은 1913년 12월 18일에 실시되었으며 전국 65개 교구에서 대교구장 4명, 교구장 43명, 연원주 30명, 교구임원 17명, 중앙총부 임원 10명, 기타 1명이 참여하여 수련을 마쳤습니다.

　제7회 49일 특별수련은 1914년 2월 5일에 실시되었으며 전국 58개 교구에서 대교구장 4명, 교구장 33명, 연원주 32명, 교구임원 19명, 중앙총부임원 10명, 기타 7명이 참가하여 수련을 마쳤습니다.

　의암 손병희 대도주는 독립만세운동 성패가 핵심간부 육성에 있다고 보고, 1912년 4월 15일 제1회 49일 특별연성수련을 시작하여 1914년 2월 5일을 끝으로, 3년간 7차에 걸친 독공수련을 실시하였고, 후일 이 수련에 참가한 간부들은 각 지역에서 기미 3·1만세운동과 민족독립에 주도적 역할을 담당하게 함으로써 3·1만세운동이 성공할 수 있도록 그 바탕을 만들어 놓았던 겁니다.

　이 모든 것의 출발은 1910년 8월 29일, 경술국치의 날부터였습니다.

그날 아침, 천도교 중앙총부 조회 석상에서 손병희 대도주는 약속을 합니다.

"오늘 8월 29일 월요일. 마침내 대한제국이 일본제국의 한 부분으로 합병이 되었다는 소식을 들었소. 경술년에 나라가 사라지는 일이 버젓이 일어난 것이오. 이를 들어 우리가 무엇이라 불러야겠소? 경술국치(庚戌國恥)라 해야 마땅할 것이오. 해서 나는 결심했소이다. 앞으로 민족 독립은 내가 하지 않으면 안 될 터이니, 내 반드시 10년 안에 이것을 이루어 놓으리라. 이 일은 강력한 조직을 가진 천도교만이 가능한 일이요. 우리가 반드시 이루어내야 할 역사적 의무일 것이외다."

그리고 손병희 대도주는 그해 11월 금융관장 정구영을 시켜 우이동 골짜기 땅 27,946평을 매입하게 하고, 천도교 수련도장 봉황각 건립을 추진토록 지시합니다.

10년 뒤 이루어낼 3·1만세운동의 첫걸음이자 약속 실천의 출발인 셈이었죠.

"아빠. 의암 손병희 성사님은 미래를 내다볼 줄 아신 분인 거 같아요."

"그렇지. 성사님은 예지력(豫知力)으로 빛나는 분이라고 할 수 있어. 아빠가 손병희 성사님을 높게 평가하는 부분 중에 하나가 바로 이 지도부를 만들기 위해 봉황각을 준비하고 특별연성수련을 실시했다는 점이야. 어떤 국민운동도 튼튼한 지도부가 없으면 성공할 수 없다는 진리를 성사님은 꿰뚫고 있었던 거야."

"그렇네요. 아빠. 아빠. 그런데 왜? 봉황각이라는 수련원을 우이동 골짜기에 세웠을까요?"

"좋은 질문이야. 당시 경운동에 있는 천도교 중앙총부는 일본 놈들의 감시가 너무 심했단 말이지. 매일 총독부 경무국 경리관이 상주하여 다른 기관 또는 단체들과 주고받는 통신문건을 모두 검열 받아야 했고, 하물며 재무 회계 장부의 내용도 보고해야 했지. 또한 독립자금으로 사용될까봐 성금을 못 받도록 성미(誠米: 천도교 신도들이 매일 아침과 저녁밥을 지을 때마다 생쌀을 식구 수대로 한 숟가락씩 떠서 정성껏 모아 바치는 쌀. 현재는 헌금으로 대신한다. 일종의 성금.)제도를 강제로 폐지하게 하였고, 나중에는 은행에 있는 교단의 돈을 사용하지 못하도록 동결시키기까지 했다는 거 아니니."

"일제(日帝)는 아주 악랄한 집단이었네요."

"그렇고말고. 일제는 조선을 보통 탄압한 것이 아니란다. 그들이 자행한 억압은 상상을 초월할 정도였지. 그래서 일제의 감시를 피할 수 있는 곳을 물색할 수밖에 없었던 거야. 당시 우이동은 사람들이 접근하기 어려운 외지고 깊은 산골짜기였어. 그러니까 일본의 눈을 피하기에 안성맞춤이었던 장소라고나 할까? 그래서 먼저 이 땅을 매입하기 전 1911년 의친왕 이강공과 자주 만나 이곳을 방문해 산세(山勢)와 지기(地氣)를 살피셨단다."

"아하. 역시 치밀하셨네요."

"그리고 봉황각은 교인 누구나, 전국 어디서나, 수련 기간 제한 없이 숙식을 할 수 있도록 공간을 제공했지. 그러니까 항시 누구에게나 개방하는 시스템으로 소문을 내고 그 속에서 특별 영성수련 프로그램을 운영하니까 일제(日帝)가 눈치 채지 못했던 거야. 거기는 '아무 때나 사람이 모여서 수련하는 곳이구나.'라고 생각하도록 말이지."

"굉장히 많은 분이 그곳을 거쳤던 거 같던데요."

"그렇지. 3년이라는 기간 동안 총 7회 총 483명이 특별연성수련에 참가했고 전국 각지의 교구 핵심간부들이 교육을 받았으니 튼튼한 지도부가 만들어졌다고 보면 정확할 거야. 이런 시각에서 보면 봉황각은 3·1운동을 준비하는 전진기지인 셈이지. 독립운동의 베이스캠프."

"와우. 멋져요. 매우 의도적이고 계획적이었다는 생각이 드는 걸요."

"그렇지. 정확히 말하면 3·1만세운동은 철저히 계획된 국민참여운동이라 보는 게 올바른 해석이란다."

"아. 그러면 손병희 성사님은 3·1운동의 연출자셨네요."

"오. 멋지구나. 그 표현. 3·1운동의 연출자 손병희."

"아. 그런데 아빠. 일본 앞잡이 순사이자 5천 원을 받아간 신승희는 어떻게 됐어요?"

"그 문제가 궁금하긴 궁금하지? 3·1만세운동이 성공했다는 건 그 돈을 받은 신승희가 어떻게 했다는 거야? 입을 다물었다는 말이 되는 거 아니겠니. 하하."

"그랬을 거라는 생각은 들었지만 돈을 받고 다행히 배신은 안했군요."

"그래서 생각해보면 의암 손병희 성사님은 보통 분이 아니시라는 거야. 5천 원을 받아간 신승희는 3·1운동에 대하여 입을 열지 않았고, 마침내 우리는 3·1만세운동을 성공리에 펼칠 수 있었다는 거 아니냐. 그리고 재밌게도 신승희는 그 후 자살을 한단다."

"네? 자살이요?"

"그래. 그해 5월 초순에 종로서 사법주임과 함께 만주 봉천에 출장 갔다가 5월 14일 귀환했는데 서울역 구내에 대기하고 있던 헌병에게 체포되어 구치소에 수감되는 사건이 생겨. 그날 밤 그는 준비했던 독약을 먹고 자살을 하지. 출장 중 직무유기와 뇌물수수 혐의가 탄로 났던 거야. 갖가지 악행으로 조국과 민족을 배반했던 그가 40세를 일기로 생을 마감하게 되는데, 3·1운동에 있어서만큼은 다행이 아닐 수 없지!"

"우리 민족의 입장에서 보면 정말 천만다행이었네요."

"그렇지 그렇고 말고. 그리고 한울님의 정신을 믿고 그대로 밀고 나간 의암 손병희 성사님의 미래를 보는 선구안은 가히 탁월하다 못해 신의 경지에 도달했다고 봐야지."

“아무튼 보통 분이 아니신 것만은 분명해요.”

“사실 손병희 성사님의 이러한 자신감에는 당시 천도교가 전국에 37개 대교구와 193개 교구 그리고 300만 명의 교인을 보유한 명실상부 우리나라 최대 종단이었다는 점이야. 그런 종단을 이끄는 교주로서 당연히 가져야 할 시대적, 역사적 책임감이라고나 할까.”

독립자금모금 프로젝트

그날은 비가 추적추적내리는 날이었습니다. 중앙총부의 문을 열고 들어오는 최경진(崔慶進)은 우산을 접으며 짜증난 표정으로 말했습니다.

"오늘 발송한 서류와 수신한 공문 모두를 챙겨서 4시까지 공선관으로 가져오시오."

총독부 경무국에서 파견된 최경진(崔慶進) 사무관은 표독한 매의 눈을 치켜뜨며, 천도교 중앙총부에서 일하는 직원 신태련에게 소리를 질렀습니다.

"매월 성금을 받지 말라고 분명히 지시한 거 같은데?"

"근데 뭐가 잘못됐나요?"

“여기에 보면 아직도 매월 성미를 받고 있다는 의심이 드는 부분이 발견되잖소? 이것에 대하여 당장 말해보시오.”

일제의 앞잡이 최경진은 대단한 문제를 발견한 것처럼 장부를 책상에 내리치며 중앙총부 직원 신태련에게 소리를 질렀습니다. 그의 목소리에는 아침에 잘 다려 입은 일제 군복이 비에 젖어 모양이 살아나지 않는다는 신경질도 녹아들어 있었습니다.

“아. 그거요. 중앙대교당과 중앙총부 건물을 새로 지으려고 성금을 걷고 있는 중입니다.”

“그런데 이렇게 많은 돈을 거둬도 되는 거냐는 거지? 내 말은.”

“새로 건물을 지으려면 돈이 많이 들지요. 그 정도의 금액 가지고 어찌 많다고 하십니까?”

“이런 큰 금액이 들어온다는 건 다른 꿍꿍이가 있는 거 아니오?”

“아니. 왜 자꾸 이상한 시선으로만 보시려고 하는지 제가 다 이상하네요.”

“그러지 않아도 돈이 넘쳐흘러서 사람들 월급 다 주고도 남은 돈으로 다른 학교들까지 지원하는 천도교가 또 더 많은 돈을 걷는다? 이걸 보고 정상적으로 생각하라고 말하는 당신이 이상한 거지? 지금 내가 이상하다는 말이 맞기나 한 거요?”

“아니요. 제가 지금 말씀드렸잖아요. 각 교구회의를 거쳐서 서울의 중앙총부 건물이 너무 낡았으니 새로 짓자 합의를 보고 건물 신축 비용으로 사용할 돈을 기부 받고 있다는데, 왜 이해를 못하는지 모르겠네요. 저희 천도교는 올해 수운 최제우 대신사 탄신일인 10월 28일까지 교인 매호당 10원 이상 기부키로 결의한 사항입니다.”

“나는 이 부분이 도저히 이해가 가지 않는 것 같으니 총독부 경무국에 정식 보고를 하고 조치토록 하겠소. 그러니 그리 알고 있으시오. 도대체 어떻게 이렇게 많은 돈을 거둘 수 있는 거야?”

“그야. 사무관님의 업무이니 제가 뭐라 가타부타할 수 있는 일은 아닌 거 같으네요.”

일제 앞잡이 최경진이 중앙총부 공선관의 문을 소리 나게 닫고 부리나케 총독부로 향했습니다.

그 뒷모습을 보면서 신태련은 독립자금을 모으려는 손병희 대도주의 의도를 눈치 챈 건 아닐까 마음이 조마조마했습니다.

다음날 최경진은 의기양양한 태도를 보이며 천도교 공선관의 문을 열었습니다.

비가 연이어 이틀째 내리고 있었지만 오늘 그의 표정은 어제와 사뭇 달랐습니다. 신바람이 얼굴 가득 들어 있었으니 말입니다.

"거봐. 내가 뭐랬나. 이건 분명히 의심받을 일이라고 했지."

"아니. 또 무슨 시비를 하시려고 그러십니까?"

신태련은 최경진의 얼굴을 쳐다보았습니다. 순간 최경진의 얼굴에 악마의 미소가 스쳐 지나가는 것이 보였죠.

"천도교는 기부행위금지법 위반이다. 지금부터 모든 성금 행위는 금지되는 것이며, 그동안 받은 건축헌금은 모두 돌려주어야 한다. 알겠나!"

"아니 그런 말 같지 않은 조치가……"

"그리고 천도교중앙총부가 보유한 한성은행 30,000원, 상업은행 30,000원, 한일은행 6,600원 등 총 66,600원도 동결 조치한다."

"네?"

너무나도 황당한 총독부의 조치에 중앙총부 직원 신태련은 화난 눈을 크게 뜨고 말았습니다.

5월의 비바람은 세차게 공선관의 창문을 덜커덩 덜커덩 잡아 흔들며 기승을 부렸고, 천둥과 번개는 세상을 쪼갤 듯 번뜩이며 굉음을 질러대고 있었습니다.

"총독부가 천도교중앙총부 신축을 위해 걷는 건축헌금을 걷지 못하도록 조치하고 그동안 걷은 건축성금은 모두 돌려주라고 연락이 왔습니다. 어떻게 하면 좋을지 토론을 해봅시다."

당대 최고의 이론가 중 한명이라는 여암(如庵) 최린이 각 지역 교구장들이 모인 자리에서 말을 꺼냈습니다.

"그 많은 사람들에게 어떻게 돌려주라는 거야. 도대체."

실암(實菴) 권동진이 총독부가 내린 조치에 대하여 못마땅한 속내를 드러냅니다.

"머리를 짜내면 묘수가 생기지 않겠습니까? 머리를 맞대봅시다."

한암(閒菴) 오세창이 말을 이었습니다.

"이렇게 하면 어떻겠습니까?"

사람들의 시선을 한 곳으로 모은 이는 성천 교구 대접주 홍암(泓菴) 라인협(羅仁協)이었죠.

"성금 액수를 10분의 1로 줄여서 기록하는 겁니다. 그리고 돈을 돌려주어야 하는 사람들에게는 헌금을 돌려받은 양 가짜 영수증을 제출하도록 하는 거죠. 이 내용은 각 교구의 교구장들이 책임지고 입단속을 하면 실효를 거두지 않겠습니까."

"그거 좋은 방법이오. 지금 당장 사발통문(沙鉢通文/Round-Robin: 일, 봉기, 사건 등의 행위를 할 때, 주동자가 누구인지 알 수 없게 사발 모양으로 둥글게 이름을 적은 문서.)을 돌리고 전국적으로 즉시 시행토록 합시다."

　　최린은 회의에서 정해진 내용을 정리하여 의암 대도주에게 보고
하고 전국적으로 진행할 것을 지시했습니다.

　　"아빠. 사발통문이 뭐예요?"

　　"새날이가 궁금한 게 많구나."

　　"사발통문은 처음 듣는 소리니까요."

　　"사발통문은 어떤 일, 봉기, 사건 등의 행위를 할 때, 주동자가 누
구인지 알 수 없게 우리가 밥을 먹는 사발을 엎은 모양으로 둥글게
이름을 적은 문서를 말한단다."

　　"왜 이름을 둥글게 적어요?"

　　"그건 참여한 사람들을 보호하기 위한 것이지."

　　"둥글게 적으면 참여한 사람이 보호 되나요?"

　　"그래. 사발을 종이에 엎어둔 뒤 사발 둘레를 따라 한 사람씩 세
로쓰기로 둥글게 이름을 적으면 누가 맨 앞에 적었는지 알 수가 없
잖니. 즉 누가 주동자인지 알 수 없게 되니까 참가한 사람들 신변이
보호되는 거란다."

　　"아하. 그냥 일렬로 이름을 늘어놓으면 그 순서가 드러나게 되고
누가 중요한 인물인지 단박에 드러나니까~."

　　"그렇지. 그래서 이 방법은 조선 후기에 탐관오리들에 대항하여
백성들이 들고 일어날 때 많이 쓰였단다."

　　"거 좋은 방법이네요."

“원형 구조의 특성상 이름을 적는 순서에 의미가 없어지니까 많은 사람이 쉽게 참여할 수 있게 되잖니. 그래서 이런 일이 자주 생기자, 구한말 이후엔 사발통문을 돌리기만 해도 잡아가는 법이 만들어졌다는구나.”

“그래요? 재밌네. 그러면 이번 건축성금 관련 사발통문은 안 걸렸나요?”

“다행이 무사히 넘어갈 수가 있었고 의도했던 대로 독립자금을 모을 수 있었단다.”

“그랬군요. 다행이네.”

“그러게나 말이다. 그렇게 의심을 받고 은행에 보유한 돈마저 동결되는 탄압 속에서도 계획된 대로 무사히 모금을 마칠 수 있었으니까.”

“얼마나 모였나요?”

“당시 어마어마한 거금이 모인 걸로 알려져 있어.”

“도대체 얼마나 모였기에……”

“자그마치 5,000,000원이라는 거금이 걷혔단다.”

“5,000,000원이요? 신승희 5,000원도 어마어마하게 큰돈인데…”

“그렇지. 어마어마하게 큰돈이지. 이렇게 거금이 마련되었다는 것은 당시 조선 민중들이 얼마나 독립에 대한 의지가 강했는지를 보여주는 좋은 사례라 할 수 있는 거야. 이 5,000,000원이라는 돈이 얼마나 큰돈인지 아빠가 증명해줄게. 일단 중앙대교당과 중앙 총부 건물을 신축하겠다는 명목이었기 때문에 일제에 보여주기 식으로라도 신축에 쓰이는 돈이 있었을 거 아니니. 일단 땅을 사는데 30,000원이 사용되었어. 1918년 가을 종로구 경운동 88번지 윤치오 소유의 대지와 그 인근 부지 등 1,824평을 사들였지. 가끔 새날이가 아빠 따라 안국동역에서 내려 수운회관을 가곤하잖니? 그 수운회관이 세워져 있는 땅 알지?"

"네. 알아요."

"그 넓은 땅을 30,000원에 샀다는 이야기니까 당시 5,000,000원이 얼마나 큰돈인지 알겠지! 수운회관 부지 규모의 땅을 167개나 살 수 있는 어마어마한 돈이었던 거야. 이정도면 그 돈이 얼마나 큰돈인지 충분히 느껴질 거다."

"와. 지금 수운회관의 167배나 되는 넓은 땅을 살 수 있었다는 이야기니까 어마어마한 금액이네요. 정말. 그 정도면 현재 종로 전체를 살 수 있는 돈 아니었을까요?"

"그 정도까지는 아니겠지만, 아무튼 어마어마한 돈이라는 것은 이해가 됐지? 그러면 각 항목별로 생각해보자! 일단 땅 사는데 30,000원, 대교당 건축비에 220,000원, 중앙총부 건축에 50,000원 이러면 총 300,000원이 소요된 거지. 그리고 나머지 4,700,000원은 전부 3·1만세운동과 그 외의 독립자금으로 사용되었어. 얼마나 대단한 일이냐. 4,700,000원이 독립운동에 쓰였다는 이 대목이!"

"와. 정말 그러네요. 4,700,000원이라면. 지금 수운회관의 156배나 되는 넓은 땅을 살 수 있는 돈이 독립운동 자금으로 사용된 거네요. 와우. 상상초월."

"이래서 아빠가 대한민국의 독립운동은 손병희 성사님과 천도교 교인들이 했다고 주장하는 거 아니겠니!"

"와! 그래서 그렇게 부산 대동교구 교인들께서 3·1만세운동하면 유관순을 말하는 현실이 마음 아프다 하신 거군요."

"왜냐하면 진짜 희생한 사람들, 진짜 준비한 사람들은 따로 있는데 무슨 이유에서인지 진실이 왜곡돼 버리니까 진짜 준비한 사람들이 상처를 받는 거지."

"아마도 그때 부산에서 만난 그 할머니는 손자 손녀들에게 진실을 가르치고 싶었는데, 받아들여지지 않아서 더 힘드셨던 거 같아요."

"새날아, 너도 생각해봐라. 너의 순수한 마음을 남이 알아주지 않고 무시할 때 얼마나 괴로운 마음이 들었는지?"

"네. 맞아요. 아주 아주 공감할 수 있어요."

"더구나 사랑하는 가족들에게, 손자, 손녀들 앞에서 거짓말쟁이가 된다면 더 비참한 마음이 들었을 거야?"

"충분히 100% 이해해요."

5

세계의 흐름에 맞추어야
희생을 줄일 수 있다

"대도주(大道主)께서 우리를 부른 까닭이 있을 게 아니오. 자네들도 모르시겠는가?"

의암 손병희와 동갑이자 오세창과 최린보다 나이가 많은 실암(實菴) 권동진이 입을 열었습니다.

"우리 세 사람만 이곳으로 불렀다는 것은 뭔가 중요한 일이겠죠."

한암(閒菴) 오세창이 함께 올라가는 여암(如庵) 최린의 얼굴을 쳐다보고 말했습니다.

"저도 잘 모르겠지만 우이동 골짜기 봉황각으로 우리를 부른 건 아마도 다른 사람들의 눈과 귀를 피하고자 함이 아니겠습니까?"

우이동 비탈길은 봉황각을 찾는 세 사람의 허벅지를 뻐근하게 만들었으나, 산골을 타고 내리는 바람과 여름이 만들어내는 그늘 덕분에 흐르는 땀을 식힐 수 있었습니다.

봉황각의 문이 열리자, 손병희 대도주는 대청마루 그늘로 오라며 손짓을 하는 것이었습니다.

"잘 계셨지요?"

"오시느라 고생들 많으셨소."

"건강은 여전하시지요."

"보시는 것처럼 좋습니다."

"늘 기운이 넘치시는 거 같습니다."

"한울님의 기운으로 사니 늘 기운이 넘칠 수밖에요."

"우리의 인연이 참 깊습니다. 일본에서부터 여기까지……"

세 사람은 봉황각 대청마루에 앉으며 일본에서의 인연이 주마등처럼 스쳐지나가는 것이었습니다.

"한울님의 기운이 우리 조선으로 뻗쳐오는 느낌이 드는데 그대들은 어떠시오?"

손병희 대도주가 먼저 입을 열었습니다.

"한울님의 기운이 우리 조선으로 빨리 왔으면 좋겠습니다."

실암 권동진의 표현에 세 사람은 소리 없이 고개를 끄덕여 동의하였습니다.

"오늘 제가 우리 도사님들을 우이동 봉황각으로 부른 이유는 특별히 당부할 일이 있어서입니다."

"각오하고 왔으니 말씀하시지요."

여암(如庵) 최린이 눈을 반짝이며 대답하였습니다.

옆에 있던 한암(閒菴) 오세창도 고개를 끄덕이며 손병희의 뒷말을 어서 듣고 싶다는 체스처를 보냈죠.

"그래요. 요즘 다들 느끼시겠지만 세계의 정세가 심상치 않게 돌아가고 있다는 느낌을 계속 받고 있습니다. 혹시 제가 모르는 새로운 바깥소식은 없을까요?"

"세계 1차 대전의 결과가 어찌 될지는 모르지만 미국이 연합국에 합류했다는 소식을 들었습니다."

정보통으로 알려진 권동진이 새로운 정보를 끄집어내는 것이었습니다.

"미국이 연합국에 참여했다면 승리는 연합국으로 기울어지는 게 아니겠습니까?"

오세창이 세계 1차 대전에 결과를 점쳐보는 이야기를 꺼냈습니다.

이에 뒤질세라 최린도 말을 보탰습니다.

"올 4월에 합류했으니 뭔가 마무리가 될 때가 되었지요."

"그래서 하는 말이오만 세계의 변화에 우리가 발 빠르게 대처해야 할 필요가 있겠습니다. 그래서 미국을 중심으로 한 세계 변화의 정보에 정통할 필요가 있고, 이에 대응할 때 우리 조선의 독립을 앞당길 수 있을 것으로 봅니다. 그래야 조선 백성의 희생을 최소화하면서 독립을 이끌어 낼 수 있겠죠. 도사(道師)님들의 생각은 어떠시오.”

대도주 손병희의 이어지는 말에

“저희도 그렇게 생각하고 있습니다.”

세 사람은 합창하듯 대답을 하였습니다.

“그러면 이렇게 해봅시다. 우리들 중에 인맥도 좋고 가장 정보가 빠른 실암이 일본을 다녀오는 게 어떻겠소?”

“알겠습니다. 그럼 일본으로 떠날 채비를 하겠습니다.”

“그리고 다른 사람들도 세계의 동향을 체크하면서 제가 알아야할 정보가 있다면 기탄없이 연락주시기 바랍니다.”

“여부가 있겠습니까.”

그리고 그해 1918년 11월 오사카 매일신보(每日新報)에는 다음과 같은 글이 실리게 됩니다.

『우드로 윌슨 미국 대통령의 민족자결 14개 조항

1. 강화 조약은 공개적으로 진행하고 공표해야 한다. 그 체결 이후에는 어떠한 종류의 비밀 회담도 있어서는 안 된다. 외교는 항상 솔직하고 공개적인 방식으로 진행되어야 한다.
2. 평시와 전시를 막론하고 영해 밖에서 항해의 자유는 절대 보장되어야 한다. 다만 국제협약을 이행하기 위해 취해진 국제적 조치로 해양이 전체 혹은 부분적으로 봉쇄되는 경우는 예외로 한

다.

3. 평화를 희망하고 평화를 유지하기 위해 상호 협력하는 모든 국가들 사이에는 가능한 모든 경제적 장벽을 없애고 동등한 무역 조건을 확인해야 한다.

4. 각국의 군비는 상호 보장 아래 자국의 안보에 필요한 최소 수준으로 감축해야 한다.

5. 모든 주권 문제의 결정에 있어 관련 주민의 이해는, 권리를 가진 정부의 정당한 요구와 동등한 비중을 가져야만 한다는 엄격한 원칙을 준수하는 기반 위에서 모든 식민지 요구는 자유롭고 열린 마음과 절대적으로 공정하게 조정되어야 한다.

6. 외국군은 러시아의 모든 영토에서 철수해야 하며, 러시아는 자국과 관련된 모든 정치적 발전과 국가정책을 자주적으로 결정해야 한다. 또한 러시아는 러시아의 모든 영토에서 외국군의 철수와 러시아와 관련된 모든 사안의 해결을 위해 세계 다른 나라들로부터 최선의 그리고 자유로운 협조를 보장받게 될 것이며, 이것은 정치 발전과 국가정책에 관한 러시아 스스로의 독립적인 결정을 제약하거나 방해하지 않을 것이다. 그리고 러시아가 어떠한 사회체제를 선택하든 관계없이 자유국가 세계의 일원으로서 진심으로 환영받을 것이며, 러시아가 필요로 하거나 희망하는 모든 종류의 원조를 제공받을 것이다. 우방국에 의해 수개월 안에 이루어질 러시아에 대한 원조는 자국의 이해와 상관없이 우방국 러시아에 대한 선의, 이해 및 사려 깊은 호의를 반영하는 시금석이 될 것이다.

7. 벨기에는 세계의 모든 국가와 마찬가지로 주권을 회복하게 될 것이며, 벨기에에 주둔해 있는 외국군은 철수하게 될 것이다.

세계 각국은 이러한 사실에 동의할 것이며, 벨기에의 주권을 제한하려는 어떤 시도도 일어나지 않을 것이다. 이러한 조치는 다른 어떤 행위보다도 각국이 자발적으로 국가 간 상호 관계를 정립하기 위하여 설정한 법에 대한 신뢰를 회복시키는 계기가 될 것이다. 이러한 치유책이 없이는 국제법의 모든 구조와 효력은 영원히 손상될 것이다.

8. 프랑스의 모든 영토는 해방되어야 하고, 침략당한 지역은 회복되어야 한다. 또한 1871년 알자스-로렌 문제에 관해 프로이센이 프랑스에 가한 부당 행위는 거의 50년 동안 세계 평화를 교란했던 것인 만큼 다시 한 번 모든 나라의 이익을 위해 평화가 확보될 수 있도록 시정해야 한다.

9. 이탈리아 국경을 재조정하는 문제는 확실히 인정될 수 있는 민족적 경계에 따라 정해야 한다.

10. 오스트리아-헝가리 제국 내의 민족들에 대해 우리는 그들의 국제적 지위가 보호되고 보장되기를 바라며, 따라서 그들에게는 자주적으로 발전시킬 수 있도록 아무런 제약 없이 그들의 기회를 인정해야 한다.

11. 루마니아, 세르비아와 몬테네그로에 주둔한 외국군은 철수해야 하며, 점령 지역은 원상 복구되어야 한다. 세르비아에게는 자유롭고 안전하게 해상에 접근할 수 있도록 인정받아야 한다. 발칸에 위치한 여러 국가 간의 상호 관계는 역사적으로 형성된 민족 정체성과 충성심에 바탕을 두고 우호적인 협의를 통해 결정해야 한다. 발칸 국가들의 정치적, 경제적 독립과 영토 보전은 국제적으로 보장되어야 한다.

12. 현재의 오스만 제국 중에서 튀르크인이 차지하는 영토의 주권

을 확실히 보장해야 한다. 튀르크의 지배를 받는 다른 민족들에게도 생활의 확실한 안전과 절대로 방해받지 않는 자율적인 발전을 보장해야 한다. 그리고 다르다넬스 해협은 국제적 보장 아래에 모든 국가의 선박 및 교역의 자유로운 통로로 영원히 개방해야 한다.

13. 독립된 폴란드인의 국가가 수립되어야 한다. 독립국가 폴란드는 분명하게 폴란드 주민이 거주하는 영토를 소유하며, 해상으로 자유롭고 안전하게 나갈 수 있는 통로를 보장받게 될 것이다. 또한 국제협약에 의해 폴란드의 정치적·경제적 독립과 영토 보전을 보장해야 한다.

14. 강대국과 약소국을 막론하고 정치적 독립과 영토 보전을 상호 보장할 목적으로 특별한 규약 아래에 전체 국가의 연맹체를 결성해야 한다.』

종령 제120호 반포가 의미하는 것

일본에서 귀국한 실암 권동진은 제일 먼저 손병희 대도주에게 달려갔습니다. 숭인동 상춘원의 대문을 열고 들어오는 실암의 얼굴은 환한 웃음으로 가득 차 있었죠.

상춘원의 안방으로 들어온 그는 문을 조용히 닫고 일본에서 직접 듣고 눈으로 확인한 내용들을 의암 손병희에게 보고하는 중입니다.

"손병희 대도주. 드디어 때가 왔소이다."

"그래요! 뭔가 대단히 반가운 내용이 있나봅니다. 어떤 내용인지 어서 자세히 들려주시오."

권동진은 말을 꺼내기 전에 가방에서 신문 한 장을 꺼내 펼치며 말했습니다.

그것은 오사카 매일신보(每日新報)였습니다.

"올 11월 11일 독일이 마침내 항복 선언을 하면서 4년 동안 지속되던 세계 1차 대전은 막을 내렸습니다. 그리고 미국 대통령 윌슨은 승전국의 위치에서 '14개 평화원칙'을 발표했습니다. 근데 이 내용이 우리에게는 매우 중요한 내용으로 되어 있다는 사실입니다."

"'14개 평화 원칙'이라……"

"이 '14개 평화 원칙'이 왜 중요하냐면 '각 민족은 정치적 운명을 스스로 결정할 권리가 있으며, 다른 민족의 간섭을 받을 수 없다.'라는 민족자결주의의 내용이 담겨 있기 때문입니다. 그래서 현재 리투아니아가 제일 먼저 독립을 선언하고 그 뒤를 이어 체코, 유고, 폴란드가 민족 자주권을 선언했다고 하네요."

"오!"

권동진의 보고를 받는 손병희의 얼굴에는 미소가 번지기 시작했습니다.

"그렇다면 우리도 이 시기를 놓치면 안 될 상황이네요."

"그럼요. 그렇고 말고요."

"이렇게 반가운 소식이 있단 말입니까! 이는 피압박 약소국에 한 줄기 빛이 될 것이요, 대한독립을 소망하는 우리 조선인들에게는 다시없는 축복의 소리가 아니겠습니까."

"그렇지요. 우리 조선에도 해방의 빛이 드디어 들어차고 있습니다. 그동안 우왕좌왕하던 많은 독립운동가들이 하나로 뭉치는 계기도 마련될 거 같네요.”

“그러게나 말입니다. 이 기쁜 소식을 우리 동지들과 전국에 있는 우리 교인들에게 전달해야 할 텐데……”

“아. 그리고 이 정보는 별도의 선을 대어 알아낸 것인데, 윌슨 대통령과 우남 이승만이 각별한 관계를 맺고 있다는 정보가 있습니다. 이승만이 프린스턴 대학을 다닐 때 현 미국 대통령 윌슨이 대학교 총장으로 있어서 가족들이 오고 가는 등 우애가 상당히 깊다는 정보입니다.”

“그래요? 우남 이승만이?”

“우리 조선의 독립에 이승만의 역할이 중요하게 대두 될 것으로 보입니다.”

“그렇군요.”

“이승만과 연결할 필요가 있을 거 같습니다.”

“잘 알겠습니다. 그리고 별도로 제가 더 알고 있어야 하는 상황은 없나요?”

“사실 이 윌슨의 민족자결주의 선언은, 겉으로 드러나 있지는 않지만 러시아 레닌의 행보를 견제하기 위한 선언이라고 보시면 되겠습니다.”

“그게 무슨 말인가? 좀 더 자세히 말해주시면 고맙겠소이다.”

“그러니까 러시아가 1917년 2월 혁명과 10월 혁명을 연이어 성공시키면서 레닌이 이끄는 볼셰비키가 집권하게 되고, 레닌은 이러한 배경을 바탕으로 공산국가를 수립하게 되지 않습니까?"

"그렇죠."

"이러하다보니 미국을 포함한 연합군들은 러시아의 팽창을 견제할 수밖에 없게 되는데, 이런 상황에서도 레닌은 독일과 서로 침략하지 않겠다는 강화조약을 추진하고 있고, 거기에 한술 더 떠 약소민족을 지원하겠다는 발표까지 하고 있으니 미국 쪽에서는 다급해진 거죠."

"이 부분에 대하여는 대충 들은 거 같습니다. 독일은 세계대전의 전범 국가인데 러시아가 그들과 협상을 추진한다는 말."

"이게 상당히 민감한 부분인데 그 민감한 부분을 건드린 거죠. 그런데 러시아도 어쩔 수가 없는 게, 러시아 내부 여론은 현재 자본주의 국가들이 벌이는 제국주의 전쟁에서 빠져야 한다는 목소리가 하늘을 찌르고 있는 상태라는 거죠."

"아. 그래서 전쟁을 끝내려고 독일과……"

"그렇죠. 그러면서 약소민족을 지원하겠다고 하니까 세계 곳곳에서 사회주의를 좋은 눈으로 쳐다보게 되고, 심지어는 러시아를 받아들이고 싶어 하는 나라들마저 생기게 되니까, 미국은 소련의 이러한 팽창에 위기감을 느낀 나머지 막을 수밖에 없는 상황이 된 거죠. 그러다 보니 미국차원에서는 윌슨 대통령이 미국 의회 연두교서를 통해 올 1월에 14개 평화원칙이네 뭐네를 부랴부랴 발표하게 되었던 거구요. 정리하여 생각해보면 미국의 숨은 의도는 '1조'에

명확히 드러나고 있습니다. 이 모든 것이 자신들의 이익에 맞춰져 있다는 사실 오직 그것뿐입니다."

"음. '1조'라? 아, 여기. 비밀외교를 하지마라. 이런 내용이 있네요?"

신문에 게재된 내용을 보던 손병희가 말했습니다.

"그렇습니다. 그 내용이 바로 러시아를 견제한 내용이죠. 러시아와 독일이 비밀리에 접촉하고 강화조약을 맺으려고 하니까 그걸 막기 위한 겁니다."

"그래서 못 했나요? 나는 한 걸로 아는데?"

"그렇습니다. 3월에 러시아·독일 간 강화 조약을 체결합니다."

"그런 뒷이야기가 있는 거군요."

"미국의 숨은 의도가 있는 것이죠."

"아무튼 어찌 되었거나 이제 독일은 패전국이 되었고, 미국은 연합국 속에서도 가장 목소리가 큰 승전국이 되었으니 우리는 미국에 대하여 더 깊은 관심을 보여야 할 것 같네요. 거기에 민족자결주의 14개 평화원칙 까지 제시하여, 현재로서는 우리에 눈물 날 정도로 고마운 나라가 돼버렸으니 말입니다."

"아무튼 세계정세는 지금 어느 때보다도 복잡하게 형성되어 가고 있는 것만은 분명합니다."

"알겠소. 실암은 일본에 다녀온 여독을 푸시면서 빠르고 정확한 정보 계속 알려주기 바랍니다. 그만 건너가 쉬시지요."

“네. 대도주님.”

그리고 대도주 손병희는 12월 6일 천도교 전체 교인들에게 49일 특별기도를 실시할 것을 선포합니다. 바로 이 내용이 ‘종령 제120호’입니다.

‘종령 제120호’는 3·1만세운동을 앞두고 마지막 특별 구국기도 기간이자 마음을 준비할 시간을 마련하기 위한 손병희의 철저한 의도였습니다.

12월 24일. 인일기념식

"모시고 안녕하십니까. 지금으로부터 포덕 59년 12월 24일 인일
기념식을 시작하겠습니다."

농암(農巖) 김병태는 전국에서 모인 교단 간부들과 교인들로 꽉 채워진 자리에서 인일(人日)기념식을 주관하고 있었습니다. 인일(人日)기념이란 포덕 38년인 1897년 12월 24일, 의암 손병희 대도주가 최시형 해월 신사로부터 도통을 이어받아 천도교의 제3세 교조가 된 날을 기념하는 행사로, 이 역사를 기리기 위해 전국 교인들이 종로에 있는 천도교 중앙총부로 모이는 날입니다.

"다음은 청수봉전이 있겠습니다."

피아노 소리에 맞춰 사람들은 마음을 가다듬고 경건한 자세로 합창했습니다.

"맑은 물 파란 물 깨끗한 물을 성심으로…"

"다음은 심고하시겠습니다."

자리에 앉은 이들은 눈을 감고 조용히 머리를 숙여 묵념했고, 이어 농암의 심고 소리가 교당에 울려 퍼졌습니다.

"한울님 스승님! 감응하옵소서. 오늘 동덕님들이 함께 모여 인일식을 봉행합니다. 한울님 뜻과 스승님 가르침으로 도성입덕, 이신환성하여 포덕천하·광제창생·보국안민·지상천국을 이루고자 합니다. 한울님을 공경하여 몸과 마음이 치유되고, 가정이 늘 화목하기를 원합니다. 모든 동덕들이 정심수도로 대도를 이루어 교회가 발전하고, 우리 민족이 하나 되어 무궁한 번영을 누리며, 온 세상의 생명이 평화롭게 살기를 원합니다. 지극한 정성을 다하겠사오니, 한울님 스승님! 감응하옵소서."

"다음은 주문 3회를 봉송하시겠습니다."

"시천주 조화정 영세불망만사지. 시천주 조화정 영세불망만사지. 시천주 조화정 영세불망만사지"

"다음은 경전 봉독이 있겠습니다. 오늘 읽을 내용은 동경대전 75페이지 화결시(和訣詩)입니다. 경전봉독은 심암(沁巖) 박화생 경도사께서 해주시겠습니다."

"화결시(和訣詩). 방방곡곡 돌아보니 물마다 산마다 낱낱이 알겠더라…"

"다음은 기념송을 합창하시겠습니다. 기념송은 38페이지 '공락가'입니다. 피아노 반주에 맞춰 합창해주시면 되겠습니다."

"천도교의 한울북은 소리 소리 울리니…"

"다음은 기념사가 있겠습니다. 기념사는 제3대 교조이신 손병희 대도주께서 해주시겠습니다."

교당을 꽉 채운 교인들 앞에 손병희 대도주는 마이크를 잡고 사자후(獅子吼)를 시작합니다.

"지금 우리나라 형편은 마치 머리 없는 사람과 같이 되었습니다. 나라의 세 가지 요소는 주권과 토지와 인민이며, 이 세 가지를 합해서 나라라 하는데, 지금 우리나라는 주권 없는 나라이니 머리 없는 사람과 마찬가지 아니겠습니까. 일본이 몇 해를 두고 우리나라를 보호한다고 하지만 보호한 것이 무엇이 있습니까? 토지를 보호하였단 말입니까? 재산을 보호하였단 말입니까? 주권은 사법이요, 사법은 주권인데 사법을 보호하였단 말입니까? 사농공상을 보호하였단 말입니까? 선비는 인민의 대표인데 심지어 능참봉을 빼앗고, 토지는 인민의 생명인데 척식회사를 두어서는 전국 좋은 농토를 모조리 빼앗고, 상공업만 해도 담배 심는 것까지 처음에는 허가를 내주다가 나중에는 전매품이라고 독점을 해버리니, 도대체 일본은 우리를 위해 무엇을 했다는 말입니까? 이런 것을 생각지도 못하고 일본이 지배하는 지금을 살기 좋은 때라고 하는 사람이 있으니 어찌 통탄치 않으리오. 누가 내게 일본 사람이 조선을 위해 무엇을 보호했느냐고 물어본다면, 그들은 한국의 토지를 보호한 것이 아니라, 일본의 토지를 보호한 것이요. 한국의 주권과 인민을 보호한 것이 아니라 일본의 농상공업을 보호한 것이라 말하겠습니다. 지금 우리나라에서 내노라하는 직책이나 위치를 가지고 하는 사람들 중에는 교육이 제일이다라고 말하기도 하고, 경제가 제일이다라고 말하기도 하고, 군사가 제일이다라고 말하기도 하지마는, 다른 어떤 걸 다 이야기 하더라도 우선 나라가 버젓이 존재하여 있은 후에라야 그런 것들이 의미가 있는 것이지, 다른 걸 아무리 이야기해봐야 다 무슨 소용이란 말입니까! 나라가 없고 보면 교육인들 무슨 소용이 있으며, 경제인들 무슨 소용이 있으며, 군사인들 무슨 소용이 있겠느냐 말입니다. 그리고 인간 생활은 경제가 유지하는 것인데, 경제에 마음을 두지 않으면 한 집안도 그 살림을 유지하기 어려운 것 아니겠습니까!"

“옳소.”

“백번 천번 맞는 소립니다.”

교당을 가득 채운 교인들은 한마음 한목소리로 손병희의 천도말씀에 동의를 하였습니다.

“국가를 큰 배에 비유하면 국민은 승객과 같아, 일기가 좋을 때는 순풍에 돛을 달고 마음 놓고 행선할 수 있기 때문에 배안이 조용하고 편안하지만, 불시에 폭풍우를 만나게 되면, 사공도 마음 놓지 못하게 되고 승객 전체가 당황하게 되어 질서가 문란하게 되는 겁니다. 지금 우리나라 형편은 폭풍우를 만난 큰 배와 같은데, 우리 국민의 책임은 국가와 운명을 같이 할 때입니다. 그 책임은 전생에도 돌릴 수 없고 후생에도 미룰 수 없습니다. 전생에 돌리자니 이미 죽은 귀신이요, 후생에게 미루자니 아직 나지도 않았으니, 부득이 오늘 당한 일은 오늘에 사는 우리가 해야 할 것 아니겠습니까. 사람이 세상에 났다가 무슨 큰일을 하려면, 먼저 종교적 감화(感化)를 받아서 만사가 무위이화(無爲而化) 중에서 이루어지는 것입니다. 그러나 종교인이라고 다 감화를 받는 것이 아니요, 감화를 받으리만큼 수도를 해야 하는 것이겠지요. 아무리 잘난 체 하는 사람이라도 한울님의 감화를 받지 못하면, 사람의 능력만을 가지고는 도저히 큰일을 성공하기 어려운 것입니다. 해서 오늘 이 자리에 오신 모든 분들은 한울님의 성품을 깨닫고, 한울님의 영성으로 회복되길 정심(正心)으로 노력 부탁드립니다.”

　손병희 대도주의 인일기념 천도말씀이 끝나고 인일기념식의 집례를 맡은 농암(農巖) 김병태는 진행을 이어나갔습니다.

“다음은 축사가 있겠습니다. 축사는 권동진 도사께서 해주시겠습니다.”

“조선은 지금 어려운 시국에 빠져 있습니다. 우리는 마음을 모으고…”

“다음은 천덕송을 합창하시겠습니다. 천덕송은 57페이지 ‘인일기념가’입니다. 피아노 소리에 따라 모두 함께 따라하시면 되겠습니다.”

“오늘 인일기념의 날. 인일기념의 날. 천도 승통의 사명. 성사에게 내리시니…”

“다음은 마치는 심고하겠습니다. 심고”

자리에 모인 모든 사람들은 조용히 두 눈을 감고 마음속으로 한울님의 정신에 맞춰 살겠다는 약속을 하였습니다.

“다음은 참회문을 합송(合誦)하도록 하겠습니다.”

사람들은 김병태의 주문에 따라 함께 소리 내어 외우기 시작했습니다.

“○○○는(은) 대한민국에 태어나 삼가 인륜을 따라 살아가는 한 사람으로서, 하늘이 덮어주고 땅이 받쳐주는 은혜를 느끼며 해와 달이 비춰주는 덕을 입었으나, 아직 참된 길을 깨닫지 못하고 오랫동안 고해에 빠져 살면서 마음에는 잊고 잃어버린 것이 많았습니다. 이제 성스러운 세상을 맞아 도를 깨달은 선생님께 가르침을 받았습니다. 그리하여 지난날 허물을 참회하고 일체 착하게 살기를 원하여, 한울님을 길이 모셔 잊지 않고 도를 마음공부에 두어 거의 수련하는데 이르렀습니다. 이제 좋은 날에 도장을 깨끗이 하고, 지극한 정성과 지극한 소원으로 받들어 청하오니 감응하옵소서."

"이로써 인일기념식은 모두 마치도록 하겠습니다. 오늘 고생들 하셨습니다."

집례를 모두 마친 김병태는 다시 마이크를 잡고 말했습니다.

"각 지역에서 올라오신 교구 간부들은 모두 잿골 가회동 대도주님 집으로 모여주시면 감사하겠습니다."

잿골 가회동 의암 손병희 집 대청마루에는 지방에서 올라온 교구 간부들 100여명이 줄지어 앉아 있었습니다. 그들의 앞에 선 대도주 손병희의 얼굴은 그 어떤 날보다도 근엄했습니다. 그는 그 자리에 모인 100여명의 간부들의 얼굴을 한 번씩 주욱 훑어보며 무거운 목소리로 입을 열었습니다.

"지금 우리 면전에 전개될 시국은 참으로 중차대합니다. 평생 하늘에서 한번 내려줄까 말까한 천재일우(千載一遇)의 호기(好機)를 우리의 무위무능(無爲無能)으로 간과(看過)한다면 천추(千秋)의 한(恨)이 될 것입니다. 내 이미 계획한 바 있으니, 우리 간부들은 내 지시에 따라 움직여줄 것을 신신당부(申申當付) 드립니다. 보국안민(輔國安民)이 이루어질 수 있느냐 없느냐는 새해 1월 5일부터 시작하는 특별기도에 달려 있으니, 정성껏 임해 주시기 바랍니다. 우리가 준비한 10년의 대장정을 마무리할 때가 다가오고 있습니다. 그 상황이 되면 우리 천도교 간부들은 지역별 지도부를 구성하고 일사분란하게 움직여야 할 것입니다. 일반 백성들보다 모든 일에 솔선수범하고, 약한 사람들을 품어주며, 콩 한쪽이라도 나누는 한울님의 정신을 실천해주시기 바랍니다. 그리고 거사 후 일본 놈들의 폭력이 거세질 것입니다. 그때 그 폭력을 이겨낼 수 있는 힘은 오직 한울님의 정신으로 무장하는 것입니다. 우이동 봉황각에서 실시한 49일 특별연성수련의 각오를 기억한다면 충분히 이겨낼 수 있을 것입니다. 오늘 이후 한울님의 정신으로 이신환성하여, 각 지역에서 대한독립의 시대를 여는 주춧돌이 되기를 부탁드립니다."

밀서와 천도교의 입장

"어제 보성학교 제자 현상윤이라는 친구가 이승만의 밀서라며 인촌(仁村)이 보낸 내용을 전달받았습니다."

최린의 말에 봉황각에 모인 세 사람은 의아한 표정으로 여암의 얼굴을 다시 한 번 쳐다보는 것이었습니다. 그러지 않아도 최린이 보낸 긴급한 타전으로 봉황각에 모인 그들이기에 무슨 일인가 하고 다들 궁금해 하던 참이었죠.

"인촌 김성수 말이오? YMCA 김성수?"

오세창이 거듭 확인하는 질문을 하였습니다.

"네. 중앙학교 김성수 맞습니다."

"어디 그 밀서라는 내용 좀 읽어 봅시다."

대도주 손병희는 급히 손을 내밀어 최린이 들고 있는 밀서를 펼쳐보았습니다.

거기에 적힌 내용은 다음과 같았습니다.

『윌슨대통령은 세계평화를 위한 14개 조문을 선언, 그중에 하나가 '민족자결권'인데 이를 최대한 이용해야 한다. 한민족의 분명한 의사표시가 국제적으로 속히 알려져야만 한다. 윌슨 대통령이 반드시 우리를 도울 것이다.
1919년 1월 18일부터 프랑스 베르사유 궁전에서 파리 강화 회의가 열리기로 예정되었다.
윌슨대통령의 민족자결론 원칙이 정식으로 제출될 이번 강화회의를 이용하여 한민족의 노예생활을 호소하고 자주권을 회복해야 한다. 미국 동지들도 구국운동을 추진하고 있으니 국내에서도 이에 호응해주기 바란다.』

"미국에서도 발 빠르게 움직이고 있는 거 같군요."

오세창이 반가운 표정을 하면서 떨리는 목소리로 말을 건넸습니다.

"그렇다는 건 기독교 쪽에서도 움직이고 있다는 말이 되는 건데, 굳이 우리에게 이 밀서를 인촌을 통해 전달하는 의미를 모르겠어요. 저로써는 당최 감이 안 잡힙니다."

최린이 이승만 밀서에 대한 의문점을 던졌습니다.

"현재 기독교 조직이야 뭐가 있겠소. 당연히 300만 교도를 가지고 있는 천도교가 중심이 되어야 함을 그들도 인정한 것이겠지요."

손병희 대답에 오세창이 질문을 하였습니다.

"그렇다면 저들이 우리가 10여 년 간 독립운동을 준비해왔다는 것을 알고 있다는 말이 되는 건가요?"

"글쎄요. 그건 저들이 눈치 챌 수 없을 겁니다."

손병희의 대답에 최린이 입을 열었습니다.

"이번 밀서에 보면 1919년 1월 18일부터 프랑스 베르사유 궁전에서 파리 강화 회의가 열리고, 우남이 자신의 인맥을 이용해 대한 독립을 이끌어내는 데 주요한 역할을 맡겠다는 내용이 담겨 있습니다. 그러나 그건 더 두고 봐야 할 일 아닌가요? 우선 조선을 대표할 수 있느냐 하는 대표성 문제도 문제지만, 미국이 우리 조선 독립 문제를 중요하게 다룰 것인지도 확신할 수 없는 부분 아닙니까?"

"이승만은 그러지 않아도 안 좋은 소문이 너무나도 많습니다."

권동진이 최린의 말에 이어 입을 열었습니다.

"들리는 소문으로는 대한민국 대표가 이승만이라는 공문을 만들어 돌아다닌다는 말도 있고, 하와이 동포들이 모은 돈으로 흥청망청 쓰고 다닌다는 소리도 있습니다. 이승만에 대한 민심이 흉흉합니다."

최린도 이승만과 관련된 안 좋은 소문에 대하여 강하게 어필하고 있었습니다.

그 말을 들은 의암 손병희는 손사래를 치며 말했습니다.

"너무 소문 따위에 귀 기울이지 마시오. 앞에 나서서 활동하는 사람들이 얼마나 고생을 하는지는 다들 잘 아실 텐데 그러십니까. 앞에 서면 구설수야 누구나 따라다니는 법 아니겠소!"

"아무 소리 안 하다가 이제 와서 마치 자신이 조선을 대표하는 것처럼 행동하는 게 우스꽝스러워서 그렇죠. 우리는 자그마치 10년을 준비해왔습니다. 10년을……그리고 독립운동을 하라고 모아준 자금을 개인 호주머니로 사용한다는 정보는 정확한 정보입니다. 조선에 남아있는 조직도 없으면서……"

권동진이 입을 삐쭉이며 말했습니다.

"우남이 어떤 처신을 하든, 기독교가 어떤 행동을 하든, 미국이 어떤 입장을 취하든 나는 중요하게 생각하지 않습니다. 나에게 오직 중요한 것은 대한독립에 도움이 되느냐 안 되느냐 뿐이고, 대한독립을 앞당길 수 있느냐 없느냐 일뿐입니다."

대도주 손병희는 자신의 입장이 단호함을 표현합니다.

"우리 천도교는 한울님이 정한 방향대로 진행할 것입니다. '보국안민', '지상천국'이라는 동학의 정신과 기치에 맞게 우리 민족이 부여한 역사적 역할에 충실하면 우리는 되는 것입니다. 아무도 모르게 10년을 준비하는 일. 그냥 되는 겁니까? 다 한울님이 하신 일입니다."

손병희의 말이 끝나자 오세창부터 한 사람 한 사람이 뒤를 이어 대답을 합니다.

"맞습니다. 한울님이 정한 길로 가면 됩니다."

"저도 같은 생각입니다."

"'보국안민', '지상천국'의 길로 나섭시다."

함께 자리한 세 명의 굳건한 입장을 확인한 대도주 손병희는 누구도 거부할 수 없는 마지막 일갈을 전합니다.

"1910년 8월 29일 경술국치의 날. 천도교 중앙총부 조회 석상에서 나는 분명히 공표했습니다. 10년 내에 대한독립을 이루겠다고. 그것은 조선인들에 대한 우리 천도교의 약속이며 300만 교도를 가진 우리 천도교에 내려진 역사적 책임이자 피할 수 없는 숙명이라는 것을 한 시도 잊어서는 안 됩니다."

우이동 봉황각의 여린 불빛은 1918년 12월의 짙은 어둠의 멱살을 채 잡아 붙들고 골짜기 아래로 아래로 끌어내리고 있었습니다.

9

1919년 1월 21일.
고종 황제가 사망하다

"황제께서 돌아가셨답니다."

상춘원의 문이 열리면서 최린을 따라 시베리아에서 내려온 1월의 찬바람이 휙 하며 마당으로 들어섭니다.

"뭐라고요? 건강하시던 고종황제께서 돌아가셨다고요?"

"그렇습니다."

"사망의 원인은 무엇이라 말합디까?"

"그게 석연치 않습니다만 '뇌내출혈'이라고 일본 의사들이 밝히고 있습니다."

"이런 쳐 죽일 놈들이 있나? 건강하던 황제께서 갑자기 돌아가셨는데 겨우 '뇌내출혈'이라니? 그게 말이 된다고 생각하고 지껄이는 것인가?”

“그래서 지금 시중에는 독살되었다는 소문이 파다합니다.”

“독살, 그 말이 맞지. 그러지 않고서야 이렇게 갑자기 승하하실 수가 있단 말이오?”

“그러니까요. 제 생각도 그렇습니다.”

최린의 말에 손병희는 눈물을 흘리며 하늘을 향해 소리를 질러대는 것이었습니다.

“어떤 놈들이 독살에 참여했을까?”

“사람들은 이완용, 윤덕영, 이기용, 한창수, 한상학 정도를 지목하고 있는 듯합니다.”

“이런 짐승보다 못한 놈들. 반드시 천벌을 내리고야 말리라.”

차갑다 못해 살갗을 벗겨내는 아픔을 동반한 모진 겨울바람이 숭인동 상춘원의 거리를 휘몰아치고 지나가니, 그나마 남아있던 굴뚝의 온기마저 사라져 을씨년스러운 모습만이 종로를 메우고 있었습니다.

건강했던 황제의 죽음.

이 사건으로 인해 조선인들은 일본에 대한 적개심으로 조선 팔도 삼천리가 들끓고 있었습니다.

“허이고. 이 무슨 변괴인고. 나랏님이 승하하시다니? 이것은 필시 저 간악한 일본 놈들이 독살한 것이 분명해.”라며 울부짖는 소리가 거리를 메울 정도였으니까요.

이 사건은 후일 전국 방방곡곡에서 만세소리로 터져 나올 3·1운동의 기운으로 차곡차곡 쌓여만 갔습니다.

"저는 황제께서 독살되셨을 걸로 보고 있습니다."

권동진은 거침없이 자신의 생각을 꺼내놓았습니다.

"왜냐하면 '헤이그 밀사 사건'에 대한 보복으로 판단되기 때문입니다."

"저도 그렇게 판단하고 있습니다. 이건 '헤이그 밀사 사건'에 대한 일제(日帝)의 보복입니다."

최린도 권동진의 판단에 동의하는 말을 끄집어냅니다.

"어디 그 뿐인가. 황제께서 승하하시기 3일 전 18일에 파리강화회의가 있었을 때 신한청년당 대표로 김규식을 파견한 것도 독살의 이유 중 하나가 되었을 겁니다."

오세창이 두 사람의 말을 거들며 끼어들었습니다.

"나도 그렇게 생각합니다. 승하하신 아침에 식혜를 마신 뒤 돌아가셨다는 것은 독살 아니고는 다른 이유를 찾을 수가 없습니다. 그리고 황제의 시신을 염을 한 한진창은 고종이 승하한지 이틀도 안 지나서 시신이 심하게 부패되었으며, 이미 이가 다 빠져있었다고 증언했습니다. 이는 무엇을 말하는 겁니까? 독살의 직접적 증거라 할 것입니다."

"저도 같은 소리를 들었습니다. 시신의 염을 한 사람 중 민영달이라는 사람도 있었는데, 그 사람도 역시 독살이라고 말하면서 다음과 같은 5가지를 제시했습니다. 첫째 나이가 65세이긴 하지만 이상할 정도로 건강한 고종께서 식혜를 마신지 30분도 안되어 심한 경련을 일으키며 죽어갔다는 것. 둘째 황제의 팔다리가 1~2일 만에 엄청나게 부어올라서 통 넓은 한복바지를 벗기기 위해 바지를 찢어야만 했다는 것. 셋째 염에 동참했던 사람들 모두가 보았는데, 약솜으로 고종황제의 입안을 닦아내다가 황제의 이가 모두 구강 안에 빠져 있고, 혀는 닳아 없어졌다는 것. 넷째 30센티미터 가량 되는 검은 줄이 목 부위에서부터 복부까지 길게 나 있었다는 것. 다섯째 고종께서 승하하신 직후 식혜를 올렸던 2명의 궁녀가 의문사 했다는 것 등이었습니다. 이 모든 걸 취합해보면 황제는 독살 된 것이 분명한 거죠. 지금.”

대도주 손병희의 말에 이어 최린이 자신이 알고 있는 정보에 대하여 어필하고 있는 중이었습니다.

우이동 봉황각의 골짜기에는 내린 눈의 무게를 이기지 못하고 나뭇가지 꺾이는 소리가 여기저기서 요란스럽게 들려왔습니다.

“더 이상 지체할 수가 없을 것 같습니다. 만세운동을 구체화 시켜야 할 거 같습니다.”

“그렇다면 어찌하면 좋겠습니까? 대도주.”

권동진이 손병희의 눈을 바라보며 말했습니다.

“저 극악무도한 일제 놈들을 조선의 땅에서 물러나게 해야지요.”

"구체화시키려면 여러 가지 작업이 필요할 걸로 봅니다. 우선 독립선언서를 만들어 우리의 주장이 얼마나 타당한지를 설파해야 하고, 우리 천도교만이 아니라 조선 백성 전체가 하나 되어 나아갈 수 있도록 해야 합니다."

최린이 대답했습니다.

"거기에 중앙총부 사람 네 명을 시켜 전국 9개 대표 49일 기도처를 돌며 기도식을 지도하고, 앞으로 닥쳐올 대사(大事)에 대비토록 지시하세요."

"알겠습니다. 중앙총부 직원 중 도사(道師)들 중심으로 네 명을 파견토록 하여 서울, 해주, 의주, 길주, 원주, 경주, 서산, 전주, 평강 등을 돌며 직접 대도주의 뜻이 전달되도록 준비하겠습니다."

권동진이 대답하였습니다.

"그러면 독립선언서는 누가 만드는 것이 합당하겠소이까?"

"제가 그 부분은 면밀하게 검토해봤는데, 육당 최남선에게 맡기는 것이 가장 합당하지 않을까 싶습니다."

최린이 대답했습니다.

"그러면 그대가 육당(六堂)에게 부탁해 보시기 바랍니다. 그리고 이번에 진행되는 만세운동은 잘못하면 많은 사람들이 다칠 수가 있습니다. 그래서 가장 필요한 것은 독립운동의 대 원칙입니다. 안 그러면 방향성을 잃고 힘이 사방으로 흩어질 수밖에 없습니다. 그래서 독립만세운동의 3대 원칙을 제시하고자 합니다만 여러분들 생각은 어떠하십니까?”

“그건 당연한 절차라고 생각합니다.”

권동진과 최린 그리고 오세창이 동시에 대답했습니다.

사람들의 호응에 대도주 손병희는 잠시 눈을 감았다가 뜨면서 독립만세운동의 3대원칙을 설파했습니다.

“첫째 독립운동은 조선 민중이 모두 참여하는 대중화여야 합니다. 둘째 독립운동은 강력한 지도력이 발휘되어야 하기 때문에 반드시 지도부는 일원화되어야 합니다. 셋째 독립운동은 절대 비폭력이어야 합니다. 저들이 총칼로 막아서고 폭력으로 억압을 한다하여도 비폭력으로 대항해야 합니다. 이 세 가지 원칙을 맨 앞에 내 걸고 만세 운동을 전개해 나갈 때 우리는 한울님의 성품을 실천하는 것이 될 것이요. 일본은 가장 폭력적인 자신들의 정체를 스스로 폭로하는 놀라운 일이 일어나게 될 것입니다.”

“네. 알겠습니다.”

봉황각에 모인 세 명은 함께 합창하듯 대답했습니다.

“1. 독립운동은 대중화 할 것, 2. 독립운동은 일원화 할 것, 3. 독립운동은 비폭력으로 할 것에 맞추어 빈틈없이 준비하는 걸로 하겠습니다.”

오세창이 즉시에 정리하자, 최린이 물었습니다.

“무엇보다 대중화가 핵심적 요소가 될 텐데 이는 어찌 준비할까요? 유학계와 기독교, 불교 등도 모두 참여하게 해야 할 텐데요.”

"그 일에 대하여는 전적으로 여암이 알아서 진행하시기 바랍니다."

"네. 알겠습니다."

"마지막으로 거사의 날짜를 정해야 할 거 같은데 언제쯤이 적당할 거 같으시오들."

손병희의 마지막 질문에 오세창이 말했습니다.

"아무래도 돌아가신 고종 황제의 인산일(因山日)이 적당하지 않을까요?"

"저도 그렇게 생각합니다."

"저도 그렇게 생각합니다."

다들 한 목소리로 합창하듯 대답하였습니다.

"그럼. 3월 3일 월요일로 잠정 결론을 내는 것으로 알고 있으면 되겠네요."

오세창이 정리의 말을 하였습니다.

독립만세운동을 준비하는 우이동 봉황각 천도교 지도부의 밤은, 흰 눈에 반사한 달빛처럼 빛나며 환한 세상을 만들어내고 있었습니다.

재동(齋洞)과 고하(古下) 송진우

"어서 오시오. 육당(六堂)"

"반갑습니다. 여암(如庵) 선생님"

"그동안 잘 지내셨지요. 최선생님."

"그러게 말입니다. 반갑습니다. 기당(幾堂)"

"어서 오십시오. 고하(古下)"

"여암(如庵) 선생님. 반갑습니다."

재동에 자리한 중앙고등보통학교 숙직실에는 기라성 같은 네 명의 인물들이 모였습니다. 네 사람은 다름 아닌 여암(如庵) 최린, 육당(六堂) 최남선, 고하(古下) 송진우, 기당(幾堂) 현상윤이었습니다. 이 중 최린이 다른 사람들보다 10~15살 정도 많았기에 자연스럽게 모임의 중심 역할을 하게 됩니다.

"다름이 아니라 얼마 전 와세다 대학 후배인 송계백이라는 친구가 다녀갔습니다. 동경 유학생인데…"

묵직한 분위기를 깨며 입을 연 사람은 중앙고등보통학교의 교사인 현상윤이었습니다.

그는 최린과 함께 오늘의 자리를 만든 사람이기도 했죠. 일제히 세 사람은 현상윤의 손에 집중되었습니다. 그의 손에는 동경 유학생들을 중심으로 한 2·8독립선언서 초안이 들려있었습니다.

동경 유학생 송계백이 사각모 안에 몰래 숨겨 들어온 2·8독립선언서 초안의 내용은 차곡차곡 접힌 비단 위에 빼곡히 적혀 있었습니다. 그 내용을 간단히 정리하면 다음과 같습니다.

『한일 병합 조약의 폐기와 조선의 독립을 선언한다.
민족대회를 소집한다. 만국평화회의에 민족 대표를 파견한다.
목적이 이뤄질 때까지 영원한 혈전을 벌일 것을 선언한다.
독 립　　선 언: ①일제의 강제 병합 비판
　　　　　　　②조선의 독립 정당성 주장
민족자결주의; ①민족의 자유의사 존중
　　　　　　　②국제사회의 지지요청
평화적　독립: ①비폭력적 방법 강조
　　　　　　　②일본과의 평화적 관계 희망』

　작년 12월, 최린에게 이승만의 밀서를 제공했고 오늘 이 자리를 주선한 기당(幾堂) 현상윤이 입을 열었습니다.

　"일본 유학생들을 중심으로 2·8독립선언을 준비하고 있다고 하니 우리 조선도 이에 버금가는 준비를 해야 하지 않을까요?"

　이에 최남선이 말했습니다.

　"2·8운동에 힘입어 우리도 곧 일어날 독립만세운동을 거족적으로 일으켜야 하겠지요."

　"그렇소. 바로 그겁니다. 어떻게 하면 조선인 전체가 함께 동참할 수 있는 독립만세운동을 성공적으로 꾸려내느냐 하는 그 방도를 고민해봅시다."

　고하(古下) 송진우가 내용을 분명히 해야겠다는 생각으로 내용을 반복하여 정리합니다.

　"일단 우리 천도교는 10년 전부터 물 샐틈없이 준비해왔습니다. 위로부터 아래까지, 백두에서 한라까지 모든 준비가 끝나있다는 말씀이죠. 그래서 오늘 논의는 멀리서부터 논의하지 말고 단도직입(單刀直入)으로 좁혀서 말하면 어떨까합니다. 다시 말하면 고하가 말한 것처럼 조선인 전체가 동참할 수 있는 독립만세운동을 성공적으로 펼쳐내기 위해서 어떤 인물을 이번 만세운동 중심에 세워야 성공할 수 있겠느냐 하는 걸 논의하면 진도가 빨리 나가리라 봅니다."

　최린의 말에 이어 최남선이 말을 거들었습니다.

　"타당한 주장이라고 생각합니다. 어차피 독립만세운동을 할 거라는 걸 전제하고 만나는 자리가 돼버렸으니 말입니다. 그래서 추천해본다면 저는 석촌(石村) 윤용구가 좋지 않을까 생각합니다. 왜냐하면 일제가 내린 대신(大臣) 작위를 거부한 강직한 인물로 알려진 사람이니까요."

"그분도 좋지만 박영효가 나을 거 같은데요. 일본 침략을 전면 거부한 인물이니 이 일에 가장 적합하리라 봅니다."

최남선의 추천에 송진우가 나섭니다.

"저는 강석(江石) 한규설이 가장 적합하지 않을까 생각합니다만…"

최린이 을사늑약 때 참정대신으로 한사코 반대한 인물이라는 이유를 들며 추천에 가세했습니다.

"그렇다면 좌옹(佐翁) 윤치호는 어떻습니까? 아무래도 일제가 가장 두려워하는 나라는 미국인데, 미국인의 신망을 얻고 있는 인물이잖습니까."

최남선이 윤치호를 추천하면서 모두 네 명의 후보자가 물망에 올랐습니다.

"자, 우리가 이렇게 탁상머리에서 논의를 한다고 해도 그분들이 참여할지 아닐지는 미지수 아닙니까? 그 분들을 다 만나보는 겁니다. 그래서 동참하겠다는 분을 앞에 세워야지요. 동참하겠다는 분들이 많으면 많을수록 우리는 좋은 거 아닙니까! 솔직히 말해서."

회의 내용을 지켜보던 막내 기당(幾堂) 현상윤이 말했습니다.

"그럽시다. 그러면 각자 자기가 말한 사람들을 접촉해보도록 합
시다. 이름을 거론 할 때에는 개인적인 친분이나 연결의 끈이 있으
니 이야기를 했을 거라는 생각이 드는데. 어떠시오들. 내 생각대로
각자 나누어 만나보는 건…"

최린의 말에 최남선이 말을 보탭니다.

"좋습니다. 시간도 촉박하니 즉시 움직이기로 합시다."

"자, 그럼 내일부터 행동에 옮기고 결과는 다음 주 월요일 이 자
리에서 합시다."

최린이 마무리를 지으려하자 송진우가 장소 변경의 말을 합니다.

"다음 주 월요일은 제가 당직을 서지 않기 때문에 이 숙직실은 안
됩니다. 오늘 아래까지 모셔다 드리면서 제가 살고 있는 집을 알려
드릴 테니 그 곳에서 만나는 걸로 하시죠."

"거. 좋은 생각입니다. 그럼 앞장서시죠."

숙직실을 자물쇠로 잠그고 앞장서 재동의 언덕을 내려가는 송진
우의 어깨에는 으스름한 달빛이 반짝이며 내려앉아 빛나고 있었습
니다.

11

민족운동의 제물엔
늙은 소보다 어린 양이 더 좋다

밖에는 눈이 내리고 재동에 위치한 송진우의 방에는 최린과 현상 윤이 아랫목에 평상을 펴고, 추위를 녹이며 따뜻한 차를 마시고 있는 중입니다.

최린이 입을 열었습니다.

"우리 손병희 대도주에게 일본 유학생들의 2·8독립운동에 대하여 말씀드렸더니 너무나도 크게 기뻐하셨어요. 젊은 후배들도 이렇게 나서는데 선배가 된 우리들이 부끄럽게 행동해서는 안 된다고 하시면서 그동안 준비해 왔던 10년의 힘을 모아 총력을 기울여 달라고 나에게 신신당부를 하셨습니다. 하하."

"그런데 어떡하죠? 최린 선생님."

박영효를 만나기로 한 송진우의 첫마디는 걱정 그 자체였습니다.

"왜요? 박영효는 뭐라 합디까."

"그는 우리가 생각했던 것보다 훨씬 일제 쪽으로 기울어진 인물이었습니다."

"그렇습니까? 우리 고하(古下)께서 심한 충격을 받으셨겠네요."

"네. 그렇습니다. 우리 조선인들이 알고 있는 박영효는 일본 침략을 반대하고 고종황제를 지키려 한 저명한 귀족 혁명가 정도로 생각했지 않습니까? 그런데 그건 우리가 만들어낸 집단적 우상에 지나지 않는 내용이었다는 결론입니다."

"그 정도란 말입니까?"

옆에서 듣고 있던 현상윤이 분노하는 눈빛을 보내며 대화에 끼어들었습니다.

"그는 일제에 대한 입장이 부정적이지 않습니다. 자기는 만세운동 같은 위험한 일에 함께 할 생각이 전혀 없다고 단호하게 말했습니다. 많은 것을 가진 자의 거드름이 느껴졌다고나 할까요? 앞으로 독립운동에 악영향을 끼칠 인물로 저는 판단되더군요."

"아이고. 그 정돕니까? 만나면서 상처를 많이 받으셨겠네요."

최린이 말을 이어가려는데 밖에서 송진우를 부르는 소리가 났습니다. 송진우가 대문을 열고 문을 열어주니 최남선이 우산을 접은 채 옷에 묻은 눈을 털며 안으로 들어오는 것이었습니다.

"늦었습니다."

“그러지 않아도 다들 모여 있습니다. 추우니 빨리 아랫목으로 자리 잡으시지요.”

최남선이 방으로 들어오자 두 사람은 일어나 반갑게 악수와 눈인사를 나눕니다.

“그래, 이번 일로 육당이 가장 바빴을 텐데 결과는 어떠시오.”

최린의 질문에 최남선은 기운 빠진 목소리로 대답합니다.

“두 사람 다 만나봤는데 시원치 않습니다. 윤용구는 나이와 건강을 이유 들어 함께 할 수 없음을 피력했고, 윤치호는 그런 운동이 성공할 수 있겠느냐면서 가소롭다는 표정과 냉소적인 모습을 보이는데, 뭐라 말을 못 붙이겠더라고요. 우둔한 민족주의자들의 순진한 애국심이 만들어낸 무모한 행동이라는 말도 덧붙이면서……”

“아이고 우리 육당께서도 고하와 마찬가지로 상처를 많이 받으셨겠습니다.”

최린이 다독이자 최남선이 물어옵니다.

“한규설 선생은 긍정적인 답을 내놓으시던가요?”

송진우의 집에 모인 세 사람의 눈은 모두 최린의 입에 모아졌습니다.

“하하하. 저라고 뭔 대단한 결과가 있겠습니까? 저도 상처만 받고 왔지요.”

“그러셨군요.”

최린의 입에 모아졌던 세 사람의 시선은 동시에 방바닥으로 곤두

박질치고 말았습니다.

"자. 이제 이 난국을 어떻게 헤쳐 나갈 수 있단 말입니까?"

최남선이 침묵으로 일관하던 분위기를 깨뜨리며 말을 꺼냈습니다.

"이런 방법은 어떠시겠소? 천도교 손병희 대도주를 중심에 세우는 것은?"

최린의 말에 순간 세 사람은 얼어붙은 듯 말이 없었습니다.

"우리 천도교는 10년이라는 긴 시간을 독립운동을 위해 준비해 왔고, 중앙총부의 간부들부터 지방 교구들까지 한마음으로 거사를 기다리고 있습니다. 300만 교도들이 내는 성미로 우리 천도교의 금전적 도움을 받지 않는 곳이 없으니, 손병희 대도주야말로 준비된 지도자가 아니겠습니까?"

최린은 세 사람의 눈빛을 보면서 계속 말을 이어갔습니다.

"'새 술은 새 부대에 담아야 한다.'라는 말이 있습니다. 윤선도(尹善道)의 시 '신선대'에 나오는 내용이지요. 오늘 우리가 여러 사람을 만났지만 그들은 구습에 젖어 새로운 세상이 도래해 오는 것을 생각지 못합니다. 이런 사람들과 어찌 함께 할 수가 있겠습니까! 이번에 준비하는 독립운동은 민족 제전(祭典)입니다. 민족 제전에는 마땅히 신성한 제수(祭需)가 필요하고, 당연히 늙은 소보다는 어린 양이 좋겠지요. 손병희 대도주는 동학 때부터 이 민족을 생각하고 몸으로 움직인 분입니다. 차라리 이번 기회에 깨끗하고 새로운 인물인 손병희 대도주를 민족운동의 제물로 바쳐진다면 무엇이 문제가 되겠느냐 이 말입니다.”

“저는 찬성입니다.”

“저도요.”

송진우와 현상윤은 최린의 주장에 동의(同意)의 뜻을 분명히 했습니다. 이제 남은 것은 최남선의 동의만 남은 상태. 그 순간 최남선에게서 놀라운 발언이 터집니다.

“저는 천도교만 하는 것은 안 된다고 봅니다.”

“그럼 무슨 복안이라도 있단 말이오?”

최린은 생각지도 못 한 발언에 발목이 잡힌 듯 주춤대며 최남선에게 물었습니다.

“특별한 복안이 있다기보다는, 저명인사의 참여 없는 천도교 측만의 민족운동으로는 대중화를 기대할 수 없다는 생각입니다.”

최남선은 자신의 생각을 굽힐 생각이 없다는 표정을 지으며 최린의 두 눈을 쏘아 보았습니다.

순간, 최린은 눈에서 불꽃을 일으키며 고함을 질렀습니다.

“사방팔방 다 찾아보고 만나봤지만 독립의지도, 조선의 미래도 마다하는 저명인사들뿐인데 그중에서 누굴 참여시킬 수 있다는 말입니까? 눈앞에 준비된 지도자도 못 알아보는 썩은 동태 같은 눈으로 무엇을 하겠단 말씀이냐 이 말입니다. 그렇다면 그동안 논의해온 일은 전부 취소하는 걸로 합시다. 앞으로 이 일에 대하여 더 이상 거론치 마시길 바랍니다. 더 이상 할 말은 없으니 저 먼저 이만 일어나리다.”

손병희, 기독교계를 지원하다

"이승훈 목사님. 육당으로부터 뵙고자 하는 전갈이 왔습니다."

"그래. 무슨 내용인가?"

"오산학교 경영과 관련된 내용이라 하던데요? 좋은 소식이 있으니 서울에서 뵙기를 원한다는 내용입니다."

"그래요. 급한 일인 거 같으니 바로 거동하리다."

현상윤(玄相允)의 부탁을 받은 오산학교 졸업생 김도태의 연락을 받은 남강 이승훈은 지체 없이 2월 11일 서울로 상경하였습니다.

이승훈을 서울로 불러들인 이유는 얼마 전 대중화를 위해서는 천도교만으로는 안 된다고 역설했던 최남선이 최린을 찾아와 이승훈 목사를 중심으로 독립운동의 기미가 감지되니 불러 함께 의논함이 어떤 지를 전하면서 이루어진 일이었습니다.

그러나 일제의 감시가 심해 두 사람의 만남은 이루어지지 못했죠.

아쉬운 발걸음을 돌리려는 이승훈에게 김성수(金性洙)의 기별이 옵니다. 이승훈이 서울에 올라왔다는 소식을 듣고 김성수가 사람을 보내어 자신의 별장으로 초대한 겁니다.

그 곳에는 송진우, 신익희(申翼熙)가 미리 와 있었습니다.

"목사님의 존함은 익히 들었습니다."

송진우와 신익희가 머리 숙여 인사하였습니다.

"이렇게 반겨주시니 감사할 따름입니다."

남강도 머리 숙여 인사를 하였습니다.

"육당이 뵙고자 하였으나 일제 놈들의 감시 때문에 성사되지 못 했다는 말은 전해 들었습니다."

해공(海公) 신익희가 말문을 열었습니다.

"뭔가 급한 일이 있다하여 서둘러 서울에 왔는데 저들의 눈초리 가 이리 삼엄해서야….”

"그래서 저희가 온 겁니다."

송진우가 나섰습니다.

"아, 무슨 일인지 잘 아시오?"

"네. 제가 최남선과 함께 논의에 참여하고 있어서 잘 알고 있습 니다."

"아. 그래요? 잘 됐네요. 육당이 전하고자 하는 이야기를 빨리 듣고 싶네요.”

이승훈이 재촉하듯 말하자 고하(古下)가 연이어 말을 꺼냈습니다.

“이번에 천도교 중심으로 거족적인 독립운동을 준비하고 있는데, 우리 기독교도 함께 해야 하지 않을까하는 내용을 전달하려고 했던 겁니다.”

“오! 그런 거였군요.”

송진우가 그동안 본인의 집과 숙직실을 오가며 논의했던 내용들을 정리하여 이승훈에게 전달하는 동안 별장 가운데에 놓인 난로에는 따뜻한 차가 보글보글 끓고 있었습니다.

별장 주인 김성수가 따뜻한 차를 한 잔씩 부어주며 사람들에게 말을 건넵니다.

“자. 다들 차 한 잔씩 하면서 이야기를 나눕시다.”

이승훈이 말을 받으며 이어나갔습니다.

“그렇군요. 듣기에는 오산학교 재정 문제로 만나자는 내용인 줄 알았는데, 내면의 진실은 독립운동과 관련된 내용이었군요.”

“그래야 빨리 뵐 수 있을 거 같아서요. 혹시 이 자리가 실수가 되는 건 아닌가 걱정입니다.”

“아닙니다. 그런 걱정은 마세요. 학교 역시 독립운동의 일환이었으니까요. 그게 아니면 제가 뭣 하러 민족정신을 고취시키는 교육을 했겠습니까?”

“넓게 이해해주시니 저희가 감사한 마음뿐이네요. 선생님이 대인

배라는 소문은 역시 거짓이 아니었군요. 존경스럽습니다.”

“아이고 무슨 과찬의 말씀을. 그러지 않아도 서북지역의 기독교를 중심으로 독립운동을 구상하고 있었는데, 마침 잘 되었다는 생각을 하고 있는 중입니다. 지금.”

“그럼 저희랑 함께 하실 생각이 있으신 건가요?”

신익희가 단도직입적으로 물었습니다.

“여부가 있겠습니까. 다만 다른 동지들의 생각은 정확히 모르니 접촉해 봐야겠지만 적어도 저의 입장만큼은 확고합니다.”

이승훈이 답하며 중단 없이 입을 열었습니다.

“내가 이러고 있을 시간이 없을 거 같네요. 이 정도의 긴박한 상황이라면 얼른 선천(宣川)을 다녀와야 할 거 같습니다.”

이승훈 목사는 2월 12일 선천 사경회(査經會)에 참석하여 목사 양순백, 이명룡, 유여대, 김병조 등을 만나서 서울의 만세운동 계획을 설명하였고, 2월 14일은 기독교에서 운영하는 평양 기을병원에 거짓 입원하여 사람들을 접촉하기에 이릅니다. 환자로 입원하면 일본 놈들의 눈을 쉽게 피할 수 있어서 만나는 사람들의 안전을 보장할 수 있기 때문이었죠.

“아니. 이게 누구십니까? 신령한 부흥사로 유명한 이승훈 목사님 아니십니까.”

“아이고. 반갑습니다. 손목사님.”

이승훈과 해석(海石) 손정도 목사가 평양 기을병원에서 우연히 만나는 역사적인 사건이 벌어집니다.

"어쩐 일로 이곳에?"

"아. 네. 입원했다는 신흥우 장로를 만나러 왔다가 목사님을 만나게 되네요."

"그러셨구나. 신흥우 장로님이 여기에 입원해 계시나 보군요."

"네."

"아참. 목사님. 저랑 잠깐 이야기 좀 하시죠."

"저랑요?"

"네."

이승훈은 병원 조용한 곳으로 손정도 목사를 이끌었습니다.

"목사님. 다름이 아니라 서울에서는 천도교를 중심으로 독립운동을 준비하고 있답니다. 고종 황제 인산일(凶山日)에 맞출 거 같던데요? 우리 기독교계도 함께해야 하지 않을까 싶습니다."

"역시 천도교에서 움직이고 있었군요."

"준비가 많이 된 듯합니다. 저도 기독교 청년들을 통해서 들었으니까요."

"그러셨군요. 그렇다면 제가 내일 그 일에 적합한 인물을 한 사람 추천해도 되겠습니까?"

"아. 어떤 분이실까요?"

"북감리교 감리사인 동오(東吾) 신흥식 목사입니다."

"처음 듣는 이름이네요. 하지만 손정도 목사님이 추천하시는 분이라면 내일 시간 내어 기쁜 마음으로 기다리겠습니다."

다음날 손정도 목사가 소개한 신홍식 목사와 이승훈 목사가 만나게 됩니다. 소개받은 신홍식 목사는 매우 활기차고 자신감이 넘치는 인물이었습니다.

그리고 2월 14일 오후에는 서북지역 장로교를 대표하는 평양 장대현 교회의 '3대 권능(權能)목사' 또는 '영계의 거장'으로 불리는 길선주 목사가 병문안을 오면서 평양을 중심으로 한 서북지역 기독교계는 마침내 독립운동에 나설 기본 태세를 갖추게 됩니다.

"어떻게 이렇게 감시가 심한 거지?"

2월 17일 천도교에 연락을 취하기 위해 서울에 도착한 이승훈 목사는 따라다니는 일제 앞잡이들과 순사들 때문에 사람들 만나는 게 자유롭지 못함을 눈치 챕니다.

'이번에도 육당과 천도교 측을 만나는 것은 쉽지 않겠구만? 하는 수 없이 송진우 쪽 사람들을 만나 의논하는 수밖에.'

어느새 이승훈의 발길은 재동 송진우의 집으로 향했습니다.

"목사님. 어쩐 일이신지요?"

느닷없이 나타난 이승훈의 모습에 송진우가 깜짝 놀라는 눈으로 물었습니다. "육당과 천도교 측을 만나려 했으나 오늘도 일경들의 감시로 어렵게 되어 의논 차 다시 들르게 되었습니다."

"그러셨군요. 어서 안으로 들어오시지요."

2월 중순의 바람은 아직도 그 속에 칼을 숨겨놓은 듯 날카롭기 그지없었습니다. 방안까지 따라 들어온 바람은 이승훈의 목덜미를 섬뜩하게 스치고 이내 사라지는 것이었죠.

아랫목으로 안내 된 이승훈은 송진우의 방안을 둘러보았습니다. 학교 선생님답게 가지런히 쌓인 책들이 송진우의 지식과 품성을 보여주는 듯했습니다.

"그래. 서울은 그 이후 어떻게 진행되고 있습니까?"

"천도교와의 독립만세운동에 관한 이야기이신가요?"

"그렇죠."

"별반 진전이 안 되고 있는 상태입니다."

"그래요. 평양 중심으로는 이야기가 많이 진전되어 천도교 측과 육당을 만나려고 일부러 시간 내어 서울에 온 건데?"

"그 이후 진행된 내용이 없습니다. 하는 건지 마는 건지. 그리고 기독교 쪽에서도 뭔가 움직임이 있는 거 같고요. 저도 뭔지 모르겠습니다. 여기서 저기서 말이 많으니까 헷갈리네요."

만세운동이 제대로 진행되고 있지 않다는 송진우의 대답에 당황해하는 이승훈 목사.

"헷갈리는 상황이다? 일단 무슨 일들이 있었는지 잘 모르겠지만 내가 두루 주변을 살펴 본 후에 다시 이야기합시다."

두 사람의 자리는 그렇게 마무리가 되었습니다.

그 일이 있은 후 3일이 지나는 2월 19일, 신홍식 목사는 혼자 서울로 상경하여 소격동 숙소에 있는 이승훈 목사를 찾았습니다.

"목사님. 계십니까?"

"누구시오."

희미하게 어른거리는 소격동 숙소의 불빛. 그리고 불빛을 받으며 서 있는 그림자.

"평양의 신홍식입니다. 목사님."

"어이쿠. 신목사님. 어서 안으로 들어오시오."

반가운 마음에 버선발로 뛰어나와 반기는 이승훈 목사였죠.

"어찌 기별도 없이?"

"아무래도 제가 움직여야 할 거 같아서 이렇게 늦은 밤이지만 찾아왔습니다."

"잘하셨소이다. 이렇게 뵈니 얼마나 기쁘고 천군만마를 얻은 기분인지 몰라요."

"내일 YMCA 간사로 있던 박희도를 만나는 게 좋을 거 같아서요."

"아. 그거 좋은 생각입니다. 그래. 박희도 목사라면 감리교계를 대표하는 인물 아닙니까."

"그렇죠. 두 분이 만나서 이야기가 된다면 기독교계는 장로교와 감리교가 함께 움직이는 결과를 만들어 낼 수 있을 겁니다."

이후 두 사람은 박희도 목사와 그 주변 사람들을 만났고, 이 모임은 두 차례에 걸쳐 깊은 논의 과정을 거치게 됩니다.

그 내용은 다음과 같이 정리될 수 있습니다.

『1차 모임은 2월 20일 오후 7시 30분경 수창동 229번지 박희도 집에서 열렸습니다. 신홍식 외에 이승훈, 정춘수, 오화영, 박희도, 오기선 등 총 6명이 참석했는데 장로교의 이승훈 말고는 전부 감리교 소속이었죠. 이 자리에서는 다 함께 조선독립을 위해 나서자는 데 의견일치를 보았습니다. 또 독립을 청원할 것인가, 선언할 것인가를 두고는 오화영의 제안대로 독립청원서를 일본정부에 보내기로 합의했습니다.

천도교와의 연대(합동) 문제를 놓고는 의견이 엇갈렸는데, 그 이유에 대하여 박희도는 양측의 제휴가 교리 상으로 부합되지 않으며 양 교단 사이에 그간 교류가 없었다는 점을 들어 행동 통일이 원활하지 않을 것이라는 논지가 주를 이루었죠. 정춘수 역시 천도교 측이 위험할지 모른다는 이유를 들어 반대하였습니다. 반면 신홍식과 이승훈은 이 문제는 좀 더 두고 생각해보자고 신중론을 펴 결론에 도달하지는 못 했습니다.

2차 모임은 2월 21일 오후 2시에 남대문 이갑성의 집에서 열렸습니다. 함태영, 이승훈, 안세환, 김세환, 김필수, 오상근 등 장로교 측 인사와 박희도, 오화영, 신홍식, 오기선 등 감리교 측의 인사가 함께 모이게 되었죠. 이날 모임에서는 청원서 초안 작성 문제가 논의되었습니다. 또 천도교와의 연대 문제는 종파를 초월해 거족적으로 전개해야 한다는 의견이 주효하게 거론됨으로써 이 논의에 상당한 진척이 있었죠. 이 밖에도 국제정세와 강화회의에 대한 정확한 정보를 파악하기 위해 현순을 상해에 파견하기로 결정하였습니다.』

“목사님. 계십니까? 이승훈 목사님. 안에 계세요?”

“누구신데 저를 찾으시오?”

방문을 여니 멋진 옷을 입은 젊은 사내가 마당에 딱 버티고 서 있는 것이었습니다. 보는 순간 ‘최남선이 왔구나.’ 하는 생각이 들었습니다.

“저. 최남선입니다.”

예상이 맞아 떨어진 이승훈 목사.

“아이고. 육당 선생. 어서 안으로 드시지요. 혼자 있는 방이라 누추합니다. 어서 안으로…”

“늦게 찾아뵈어서 죄송합니다.”

“아닙니다. 무소식이 희소식이라 하지 않습니까. 좋은 일이 일어나려고 그러는 게지요.”

소격동 이승훈 숙소에서 만난 두 사람은 방안에서 서로 마주보며 큰 절을 하였습니다.

“이렇게 뵈어 영광입니다.”

“저야말로 만나 뵙게 되어 영광입니다. 늦게 연락드려 죄송하고요.”

자세를 고쳐 좌정한 두 사람은 서로의 손을 내밀어 굳게 맞잡았습니다. 서로가 큰 인물임을 인정하는 두 사람이었죠.

“왜경들이 얼마나 꽁무니를 붙는지 도무지 틈을 주지 않으니 목사님을 만나려 백방으로 노력했으나 좀체 기회가 만들어지지 않았습니다. 죄송합니다.”

두 사람의 만남이 왜 늦어졌는지를 설명하는 최남선이었습니다.

“저도 두 번이나 우리 육당 선생을 만나러 서울로 상경했었는데 도대체 기회가 안 생기더라고요.”

“말씀하신대로 얼마나 좋은 일이 있으려고 이러나 몰라요. 하하하.”

“좋은 일이 곧 오지요. 반드시 조선독립이 분명히 밝아올 겁니다.”

“반드시 그리해야죠.”

“그리고 우리 기독교계는 네 차례에 걸쳐서 이번 독립만세운동에 대하여 입장을 정했습니다.”

“아, 그러십니까. 그 내용을 듣고 싶네요.”

이승훈 목사는 평양을 중심으로 한 서북지역 장로계와 감리교의 상황을 그리고 2월 19일부터 20일까지의 진행된 내용에 대하여 전달했습니다.

그리고 당일 오후 7시에 이갑성의 집에서 있을 기독교계 3차 모임에 대해서도 이야기를 해주었습니다. 그리고 천도교 측과 빠른 시간 내에 만날 수 있도록 자리를 마련해줄 것을 부탁했죠.

“그리시군요. 천도교 측과의 만남은 어려운 일이 아닙니다. 지금 저와 함께 움직이시죠. 그러지 않아도 이따 오후 7시에 남대문에서 3차 모임이 있다하니 오늘 바쁘게 움직이셔야 할 거 같네요.”

이승훈을 따르게 하고 앞장선 최남선이 도착한 곳은 재동에 사는 최린의 집이었습니다.

"천도교와 관련된 모든 논의는 여기 사시는 최린 선생님과 논의하시면 됩니다. 제가 목사님을 뵙고자 전갈을 넣은 것도 바로 최린 선생께서 추진하라 하여 연락을 취하게 된 것입니다."

"그렇게 된 것이었군요."

"여암 도사님 안에 계십니까?"

최남선은 자기 집 드나드는 것처럼 자연스럽게 최린의 집 대문을 열며 안으로 들어서는 것이었습니다.

최린과 마주한 이승훈은 최남선에게 이야기 했던 모든 내용들을 전달했습니다. 이야기를 전해들은 최린은 고개를 끄덕이며 말문을 열었습니다.

"잘 들었습니다. 굉장히 고생하셨고 많이 진전된 내용이라 감사한 마음마저 듭니다. 그러면 이제부터 저희 천도교 지도부에서 결정된 사안에 대하여 말씀드리도록 하겠습니다."

최린의 이야기에 두 사람은 잊지 않기 위해 촉각을 곤두세우며 듣는 중입니다.

"우선 독립출원 방식을 어떻게 할 것인가? 즉 독립청원이냐? 독립선언이냐?에 관한 입장을 정해야 합니다. 또 하나는 지도부의 단일화에 대한 내용입니다. 다들 아시겠지만 지도부가 여러 개 존재하면 일관된 만세운동을 추진하기 어려워질 것이기 때문입니다. 이두 가지 내용이 오늘 저녁 3차 모임에서 합의가 되기를 부탁드리겠습니다. 특히 지도부의 단일화 문제는, 이번 독립만세운동이 민족적 대사업이기에 반드시 하나로 일치되어야 하며, 두 개의 선으로 간다면 실패할 것이 너무나도 뻔합니다."

"그러면 이 두 가지에 대하여 언제까지 말씀드리면 될까요?"

"내일 오후까지 들었으면 합니다."

두 사람의 이야기를 듣고 있던 최남선이 다급한 표정을 지으며

"저는 잠시 소피를 좀 보고 오겠습니다."

하며 급하게 자리를 뜨는 것이겠지요. 그 순간 이승훈은 낮은 목소리로 부탁의 표정을 지으며 최린에게 속삭였습니다.

"기독교계를 움직이려면 자금이 필요할 거 같습니다."

그 말을 들은 최린도 낮은 목소리로 대답하였습니다.

"얼마 정도 필요하실까요?"

"크게는 5천 원이나 작게는 3천 원 정도가 필요할 걸로 보입니다."

"일단 알겠습니다. 대도주님과 의논하여 변통토록 노력해보겠습니다. 돈은 언제쯤 필요합니까?"

"내일 오후 2시쯤 준비해주시면 됩니다."

소피를 본 최남선이 바지의 허리춤을 올리며 방으로 들어오자, 그들의 귓속말은 자연스럽게 멈췄습니다.

기독교계는 21일 저녁 7시 다시 이갑성의 집에서 3차 모임을 가졌는데, 이때 모인 사람은 신홍식을 포함해 함태영, 이승훈, 박희

도, 오기선, 안세환, 김세환, 현순, 이갑성, 오화영 등입니다. 1차 때 합의를 보지 못한 천도교와의 연대 문제가 다시 거론됐으나, 이날도 확실한 결론에 도달하진 못했죠. 다만 천도교의 독립출원 방식을 확인한 후에 결정하기로 하되 독립청원 쪽으로 가닥을 잡게 됩니다. 그밖에 기독교와 천도교 간의 역할분담, 전국 각지에서의 동지 모집 문제 등을 의논하였고, 신홍식은 평안남도(평양)를 맡기로 합의를 보고 자리를 파하게 됩니다.

늦은 저녁에 상춘원을 찾은 최린은 대도주 손병희와 마주하며 몇 시간 전에 이승훈 목사로부터 들었던 내용을 상세히 전달하고 그가 요청한 내용에 대하여 보고하였습니다.

"어찌 하면 좋을까요?"

"큰 조직을 움직이기 위해서는 큰돈이 필요할 거요."

"하지만 너무 큰돈이라."

"그도 사업을 크게 성공시켜 본 사람이니 돌아가는 규모를 충분히 짐작할 수 있는 인물일 겝니다. 그러니 믿고 도와야 함께 힘을 모을 수 있지요."

"사업을 크게 했다는 말은 들었습니다."

"나라를 구하는 돈으로야 5천 원이 어찌 큰돈이라 하겠습니까. 이 또한 한울님이 하시는 일일 터. 우리는 한울님이 알려주는 길로만 곧장 걸어가는 방법 밖에는 없는 일이지요."

"내일 오후 2시까지인데 그 큰돈을 변통할 수 있으시겠습니까?"

"내가 춘암 박인호에게 말해 놓을 터이니 돈을 받으면 기독교 측으로 전해주시구려."

"알겠습니다."

"그대의 집으로 직접 보내라 할 터이니, 그리 아시고......"

"네. 그럼 편히 쉬십시오."

"여암 도사님. 여암도사님"

밖에서 힘차게 문을 두드리는 소리에 대문을 여니 천도교 금융과장 노헌용이 두툼한 보따리를 하나 전해주는 것이었습니다.

"춘암께서 보내셨습니다."

"그래요. 고생하셨습니다."

"저는 그럼 중앙총부로 다시 가겠습니다."

하면서 노헌용은 큰 인사를 하고 천도교 중앙총부로 성큼성큼 걸어가는 것이겠지요.

최린은 이승훈 목사가 온다는 오후 2시까지 집에서 기다렸고, 이승훈 목사는 약속에 맞춰서 재동에 있는 최린의 집으로 찾아왔습니다.

"이 큰돈을 하루 만에 준비하시다니 천도교가 큰 조직은 큰 조직이네요. 기독교 쪽은 어림도 없는 일일 텐데."

"모쪼록 성과가 크게 있기를 기대하겠습니다."

최린이 이승훈의 손을 잡으며 다시 한 번 당부를 하는 것이었습니다.

22일 이갑성의 집에서는 신홍식이 빠지고 이승훈, 박희도, 함태영 등이 모여 독립운동에 대한 논의를 이어갔습니다.

"이제 우리도 그동안 논의되어 왔던 것에 대하여 정리하고, 방향을 정확히 제시해야 할 거 같습니다."

이승훈 목사가 회의를 주도하며 말했습니다.

"우선 첫 번째 안건으로 '천도교와 함께 할 것인가?'이고 두 번째는 천도교와 함께 한다면 천도교 쪽의 손병희 대도주를 중심으로 '지도체계를 일원화 할 것인가?'이고 세 번째로는 '독립출원 방식'에 대한 입장 결정'이 될 거 같습니다."

박희도 간사가 안건을 정리하며 회의를 풀어갔습니다.

"천도교와 함께 하는 것은 거족적인 측면에서 충분히 가능한 일이라고 나는 생각합니다."

이승훈이 자신의 생각을 피력했습니다.

"나도 그런 생각을 가지고 있습니다만 그러나 지도부의 일원화는 좀 다른 측면이 있다고 생각합니다. 만일 지도부 일원화로 천도교 측이 중심이 된다면 기독교계는 하수인이 되는 구조가 되는 거니까요."

"저도 그 문제가 마음에 걸립니다."

박희도 간사의 말에 함태영이 생각을 보탭니다.

"그 문제는 나중으로 미뤄두고 세 번째로 독립출원에 대한 입장에 대하여 각자의 생각을 나누어 봅시다. 독립출원의 방식은 두 가지. ‘독립선언의 형태를 취할 것이냐?’ 아니면 ‘독립청원의 형태를 취할 것이냐?’로 좁혀질 거 같습니다.”

그러나 세 가지 안건에 대하여 22일의 밤에도 결론을 내리지 못한 채 지나가고 있었습니다.

“여암 선생. 안에 계신지요?”

문을 여니 아침 일찍부터 함태영과 이승훈이 최린의 집을 찾은 것이었습니다.

“어쩐 일로 이렇게 이른 아침에 방문을 다하셨습니까? 추운데 어서 안으로 드십시다.”

세 사람은 방안으로 들어와 서로 큰 절을 하며 인사를 나누었습니다.

“무슨 일로 이렇게 바쁜 걸음을 해주셨는지요?”

“다름이 아니라 독립출원 방식에 대한 논의를 하다가 끝이 나지 않아 차라리 천도교의 입장을 들어보려고 이렇게 방문하게 되었습니다.”

“그러시군요. 기독교계에서는 어떤 방식으로 진행하겠다는 말씀들이 많던가요?”

“저희는 사람들의 희생을 줄이기 위해서 독립청원의 형태를 취하자는 이야기가 많습니다.”

기독교 측의 입장을 들은 최린은 눈빛을 번뜩이며 강한 어조로 천도교의 입장을 전했습니다.

"그러시군요. 그런데 저희 천도교의 입장은 단호합니다. 이번 만세운동은 민족적 거사입니다. 우리의 자주적 정신에 의한 독립운동인데 청원의 형태를 취한다? 그건 말이 안 됩니다. 독립선언이어야 모양새가 맞습니다. 당당하고 확실하게 우리의 뜻을 전해야 합니다. 일제(日帝) 저들이 우리에게 무엇을 해줄 때까지 기다리는 청원의 형태는 자주적 민족운동에 걸맞지 않습니다."

최린의 태도에 이승훈과 함태영이 말했습니다.

"잘 알겠습니다."

그날 밤 이승훈, 함태영 두 사람은 함태영 집으로 오기선, 박희도, 안세환 등을 모으고 천도교 측이 주장하는 독립선언 방식으로 독립운동을 하기로 결정합니다. 그리고 함태영, 이승훈 두 사람을 기독교 측 대표로 선정하여 제반교섭을 진행할 것에 대하여 합의를 도출하게 됩니다.

"최린 선생. 저희도 합의를 봤습니다."

"어떻게 되셨나요?"

"천도교 측에서 제시한 내용에 대하여 100% 수용하는 것으로 하였고 기독교계를 대표하는 사람으로 우리 두 사람이 나서기로 했습니다. 그래서 앞으로 손병희 대도주의 지도체제 아래 우리와 거사를 논의하시면 될 거 같습니다."

이승훈은 전날 있었던 숙의 내용을 최린에게 빠짐없이 전달했습니다.

"지도 체계 일원화 문제에서 많은 부딪힘을 슬기롭게 잘 처리하신 듯합니다."

최린의 이야기에 함태영이 나섰습니다.

"그러지 않아도 그 부분에서 여러 사람들이 주도권 싸움 문제로 끌고 가는 경향이 있어서 회의가 끝나지를 않았죠. 그러는 와중에 이승훈 목사님이 나서서 단호하게 말하셨습니다. '나라가 있어야지 종교가 있지! 그럼 일본이 종교만 인정하면 일본이라도 상관없는 거 아니냐? 제발 경솔하게 종교부터 따지지 마라!' 하시며 호통을 치시니 모두 자연스럽게 정리가 되었습니다."

"참으로 큰일 하셨습니다. 이로써 천도교 측과 기독교 측이 합동으로 독립운동을 추진할 수 있는 기틀이 완벽히 만들어졌습니다. 감사하고 또 감사합니다."

최린은 두 사람의 손을 덥석 끌어안으며 눈물을 뚝뚝 흘렸습니다.

"이 기쁜 소식을 빨리 손병희 대도주에게 알려드려야겠습니다. 우리 대도주님이 얼마나 기뻐하실까!"

그 말을 들은 이승훈과 함태영도 함박웃음을 지으며 기뻐했습니다.

이 합의는 이후 민족대표 33인의 서명 순서를 정할 때 손병희의 이름이 가장 앞자리에 기록될 수 있는 결정적인 계기가 됩니다.

"그리고 거사일은 3월 3일 인산일은 황제의 장례식이 거행되는 날인데 우리가 독립만세를 부를 경우 본질이 흐려질 수 있다는 생각입니다. 그래서 3월 2일로 했으면 하는데 두 분의 생각은 어떠십니까?"

최린이 독립만세 날짜에 대하여 두 목사에게 물어왔습니다.

"그 부분은 저희는 반대입니다. 3월 2일은 일요일입니다. 그날은 주일이기 때문에 기도를 드리러 교회를 가는 사람들이 많을 겁니다. 그렇게 되면 자칫 인원이 분산이 될 위험도 있고 오해의 소지도 분명히 있습니다. 그래서 그 전날인 3월 1일로 하는 것이 좋을 거 같습니다."

이승훈 목사가 독립만세일에 대한 날짜를 3월 1일로 정할 것을 요청하자 최린은 기쁜 얼굴로 즉답을 하였습니다.

"매우 훌륭한 결정입니다. 3월 1일, 조선이 만세소리로 물결치는 세상을 만들어 봅시다. 우리."

세 사람은 굳건하게 서로의 손을 맞잡았습니다.

불교계와 유림계 그리고 천주교

최린이 사는 재동과 만해 한용운이 사는 계동은 서로 가까운 거리입니다. 그리고 두 사람은 일본 유학 시절부터 이미 알고 지내던

사이였죠.

오늘도 최린은 한용운을 만나러 가는 길입니다.

1월 초순이라 바람은 매섭고 길은 빙판이 되어 매우 미끄러웠습니다. 계동을 향해 조심조심 걷는 최린. 그러나 그의 마음은 벌써 계동 골목을 들어서고 있었죠.

만해 한용운은 당시 불교계를 대표하는 인물로, 두 사람은 아홉 살 터울이었지만 서로를 존경하며 만나는 사이였습니다.

"스님. 계신지요?"

"목소리를 들으니 여암이시구만. 어서 안으로 들어오시구려."

"오늘 함께 마시려고 제가 곡차 좀 가져왔습니다."

"하하하. 어쩐지 여암이 골목에 들어서니 곡차 냄새가 제 코끝을 간지럽히더라니."

"골목에서부터요? 하하하."

둘이 만난 장소는 만해 한용운이 항상 거처하는 곳으로 계동 43번지, 『유심(惟心)』이라는 불교 잡지를 발행하는 유심사(惟心社)였습니다.

최린은 벽에 걸려 있는 족자에 쓰인 내용을 훑어봤습니다.

『男兒到處是故鄕　남아란 어디메냐 고향인 것을
幾人長在客愁中　나그네 수심에 잠긴 이 그 몇이더냐
一聲喝破三千界　한 마디 큰소리 질러서 삼천대천세계 깨뜨리니

雪裡桃花片片飛　　눈 속에 복사꽃 조각조각 날리네.』

　만해 스님이 설악산 오세암(五歲庵)에 들어가 수행에 정진하던 중 득도하여 지은 오도송(悟道頌)이라는 내용이었는데, 글을 읽을 때마다 한용운의 기개를 새삼 느끼는 최린이었습니다.

　사방으로 책이 가득 쌓인 사무실에서 주거니 받거니 곡차를 나눠 마시다가 갑자기 최린이 미국 대통령의 민족자결주의와 독립운동의 이야기를 꺼냅니다.

　"스님은 들으셨습니까?"

　"뭘 말이오?"

　"미국 윌슨 대통령이 민족자결주의를 발표했던데 그 소식 못 들으셨어요?"

　"익히 듣고 있지요. 거기에 프랑스 베르사유 궁전에서 파리 강화회의가 열린다는 이야기도 듣고 있습니다."

　"그래서 이참에 우리 민족도 독립의 길로 나서야 하지 않을까 생각하는데요. 현재 리투아니아도 독립을 선언하고 체코도 유고도 폴란드도 뒤를 따르고 있다고 하네요."

　"그렇죠. 이번이 절호의 기회라고 나도 생각합니다."

　"그래서 저희 손병희 대도주는 을사늑약 때부터 준비를 하시고 계십니다."

　"그렇군요. 살짝 뭔가 준비를 하고 있다고 생각은 하고 있었는데

10년씩이나 소리 없이 준비하셨군요.”

“그래서 스님께서 도와주셔야 할 일이 많을 거 같습니다.”

“내가 뭘 도와드릴 일이 있을까요?”

“너무나 많죠.”

“구체적으로?”

“제가 앞으로 진행되는 내용을 짐작해 보건데, 독립운동의 대중성 확보를 위해 분명히 불교계와 유림계의 도움이 절실히 필요하리라 봅니다. 해서 불교계와 유림계를 연결하는 역할을 해주셔야 하겠습니다.”

“우선 불교계는 내가 있으니 일단 되었고. 유림계라……”

눈을 감고 잠시 생각에 잠기는 듯하더니 번뜩 눈을 뜨면서 한용운이 계속 말을 이어 나갔습니다.

“거창의 면우(俛宇) 곽종석(郭鍾錫)을 만나야겠구만.”

“거창이라면 경상남도 거창을 말씀하시는 건가요?”

“그렇소. 경남 거창.”

“그 먼 곳에 계신 분과 연락하실 수가 있겠습니까?”

“해야지요. 나라를 구하는 일인데, 다만 그 결과는 일단 만나보고 해야 할 거 같네요. 내 곧 날을 정해 다녀오리다.”

“수고 좀 해 주십시오. 스님.”

2월 24일. 최린은 거사 일이 다가오면서 불교계와 유림계를 하나로 묶는 작업을 위해 유심사(惟心社)로 발길을 옮기는 중입니다.

사방이 일제 놈들의 감시로 가까운 길을 놔두고도 일부러 먼 길을 빙빙 돌아가야만 했습니다.

"스님. 유림계는 어찌 되었습니까?"

"아. 그렇지 않아도 만나러 가려했는데 잘 오시었소."

만해 한용운이 집필을 하던 글을 멈추고 최린을 맞이합니다.

"유림계는 좀 어려울 거 같소이다. 거창의 면우(俛宇) 곽종석(郭鍾錫)에게 말을 넣었고 즉답은 있었는데, 함께할 사람이 연결되지를 않고 있으니, 시간은 촉박하고 이번 거사에는 유림의 역할이 어려울 거 같네요."

"그러면 불교계는 성과가 있었나요?"

"불교계는 두 명이 될 거 같네요. 나와 백상규(白相奎). 백용성(白龍城)이라고도 하는 합천 해인사 출신 승려가 있는데, 현재 서울 대각사에 올라와 있어서 내가 넌지시 이야기를 넣었고 함께 명단에 올릴 수 있게 되었소이다."

"아. 그렇다면 불교계는 두 분이 참여하는 것으로 알면 될 거 같은데. 유림계가 아쉽네요."

"며칠 더 있다가 느닷없이 좋은 소식이 있을 수도 있으니, 좀 기다려 봅시다."

"지금 상황으로는 본다면 시간이 너무 촉박합니다. 유림까지 참여되었다면 독립운동의 그림이 완성될 수 있었는데 참으로 아쉽습니다.”

“천주교는 별도로 만난 적이 있나요?”

“천주교는 정치와 교회를 분리한다는 정교분리의 원칙에 따라 공식적으로 이번 독립운동에 참여하지 않기로 한 것으로 알고 있습니다.”

“그 또한 아쉬운 부분이네요.”

“어쩌겠습니까? 모두 한울님이 하시는 일이신 걸.”

“그럼. 아빠 말대로라면 천주교는 3·1만세운동에 참여하지 않았다는 건가요?”

새날이는 고개를 갸우뚱거리며 아빠에게 물었습니다.

“그래. 천주교는 아예 독립운동을 포함한 정치적 문제에 관여하지 않는다고 공식적으로 밝혔고, 3·1운동 당시 교인들이 참여하지 못 하도록 문을 안으로 걸어 잠그기까지 했다는구나.”

새날이에게 질문을 받은 신동명 박사는 아쉬운 마음을 담아 대답을 합니다.

“아니. 이렇게 역사적인 사건에 그럴 수가 있단 말인가요?”

“일제와의 마찰을 피해 교회를 보호하고 선교 활동을 지속하고자 3·1운동 참여를 금지했던 거지.”

“상당히 배신감을 느끼는데요.”

“특히 서울교구장 뮈텔 주교는 도저히 이해되지 않는 심한 행동을 한 사람으로 알려져 있었는데… 그 비근한 예가?"

순간 생각이 잘 안 나는지 눈을 몇 번 껌벅이는 새날이 아빠.

"그렇지. 새날아. 너 안중근 의사 알지?"

"네. 알죠. 대한민국 사람치고 안중근 의사 모르는 사람이 있나요?"

"그럼 안중근 의사가 믿던 종교가 뭔지 아니?"

"엥? 그건 잘 모르겠는데요."

"천주교란다."

"아. 천주교였어요?"

"서울교구장 뮈텔 주교는 이토 히로부미를 총으로 쏜 그 유명한 안중근 의사의 고해성사를 거부했다는 거 아니냐."

"정말요? 그건 말이 안 되는 거 아닌가?"

"그렇지. 이해가 잘 안 가지? 그뿐이 아니란다. 안중근의 사촌동생 안명근이 독립운동에 투신하고 있다는 사실을 안 이후에 그걸 조선총독부에 알렸어."

"엥? 그게 가능한 일인가요?"

"그러게나 말이다. 그래서 이 말이 일파만파 퍼져가지고, 일제(日帝)가 먼저 '독립운동가들이 데라우치 총독을 죽이려 한다.'는 거짓 정보를 퍼트린 후 105명의 독립운동가들에게 그 혐의를 뒤집어 씌워 끌고 가는 사건이 발생해."

"그래요?"

“‘105인 사건’, ‘선천사건(宣川事件)’, ‘데라우치 총독암살미수사
건’, ‘안명근 사건’, ‘안악사건(安岳事件)’으로 불리는 이 사건은 황
해도 안악(安岳) 지역에 있는 양산학교(楊山學校)와 면학회(勉學會)
에서 애국적인 문화운동을 펼치던 김홍량(金鴻亮)·김구(金九)·최명
식(崔明植)·도인권(都寅權)·김용제(金庸濟) 등 160여 명의 애국지사
들이 끌려가 모진 고문을 받게 되지.”

“세상에 그게 말이 돼요? 자기 종교의 교인인데?”

“어찌 되었든 서울교구장 뮈텔 주교는 결론적으로 ‘105인 사건’
의 원인 제공자가 되어버렸을 뿐만 아니라, 도무지 이해할 수 없는
사람으로 낙인찍히는 계기가 되었단다.”

“뮈텔 주교의 행동은 진짜 너무한 거 아니에요?”

“그렇지. 그래서 나중에 천주교가 미안하니까, 3·1운동 100주년
인 2019년에 김희중 대주교가 나서서 담화문을 발표했잖니. ‘민족
의 고통을 외면하고 저버린 잘못을 성찰한다.’라는 내용으로.”

“그럼 단 한 명도 참여를 안 한 거예요?”

“개인적으로 참여한 사람들이 있기는 했지. 그러나 천주교 교구
의 정식 입장이 참여하지 않는 것이었기 때문에 소극적일 수밖에
없었다고 봐야지 않겠니.”

“근데. 유림계는 왜 참여를 안 한 거예요?”

“유림계는 참여 안 한 것이 아니라 못한 거야. 정확하게 말하면.”

“그래요?”

“유림계가 3·1운동에 참여하지 못한 이유에는 몇 가지 안타까운 사연이 숨어 있어.”

“어떤 비하인드 스토리가 숨겨져 있나요?”

“불교계 대표인 만해(萬海) 한용운(韓龍雲)은 유림계의 협조를 구하고자 곽종석에게 연락을 취했다는 내용은 잘 알고 있지?”

“네.”

“만해 한용운의 제안을 받은 곽종석은 이 제의를 받아들이고 아들을 서울로 올려보냈단다. 그런데 서울에 올라와 보니 이미 「독립 선언서」가 인쇄된 뒤였던 거라. 그래서 피치 못하게 서명할 수가 없게 돼버린 거지.”

“아, 그렇게 된 거예요? 일찍 도착하셨으면 유림계까지 같이 하는 모습이라 3·1운동의 모습이 더 큰 대중화의 모습으로 완성되었을 텐데.”

“그리고 또 한 분이 더 계시단다. ‘우리는 유교의 나라였다. 유교가 먼저 망했기 때문에 나라도 망했다. 지금 광복 운동은 3교의 대표가 선도하고 있다. 유교는 한 사람도 참여하지 않았다. 이제 세상은 유교를 꾸짖고 썩은 선비와 일할 수 없다 할 것이다. 우리가 이 나쁜 이름을 덮어썼으니 이보다 더 부끄러운 일이 어디 있겠는가.’라며 유교계가 3·1만세운동에 참여하지 못한 것을 부끄러워하셨던 심산(心山) 김창숙(金昌淑)이라는 분이 계시지.”

“아. 역시.”

“이분이 3·1만세운동에 참여하지 못 한 이유 또한 어머니 병간호 때문인데, 그 바람에 만세운동 소식을 뒤늦게 접하게 되었던 거라. 그러나 이분은 그 일에 주저앉지 않고, 3·1만세운동 바로 뒤를 이어 한국 독립 문제를 국제적으로 확산시키셨어. ‘제1차 유림단 사건’을 주도하지. ‘제1차 유림단 사건’은 유림계 사람 137명이 서명한 ‘한국독립 호소문’ 사건이 있거든. 이분이 이걸 프랑스 파리에서 개최된 만국평화회의에 보내는 사건을 주도하셨어. 이때 제출된 ‘한국독립 호소문’이 현재 우리가 ‘파리 장서(長書)’라고 부르는 독립운동 관련 문서인 거야.”

“아, 김창숙 그분은 진짜 멋진 분이시네요. 그럼 유림계도 뒤늦었지만 참여하신 거라고 봐야 하는 거 아닌가요?”

“그렇지. 이 모든 정황을 보면 3·1만세운동에 유림계도 함께 참여했다고 평가하는 것이 맞다고 아빠도 생각한단다.”

14

독립선언문

1919년 1월 하순. 최린과 송진우, 현상윤은 중앙보통고등학교 숙직실에 모였습니다.

"이번 독립만세운동은 조선 독립에 대한 자주적 노력이자 일본제국의 한반도 강점에 대한 저항권이며, 비폭력 시민 불복종운동이라는 내용이 충분히, 그리고 정확히 들어가야 합니다."

최린의 목소리는 사뭇 진지했습니다.

"그래서 문구 역시 건의문 또는 청원서를 넘어 독립선언서가 되어야 할 것입니다."

최린은 글의 문구와 선택 어휘 그리고 종결어미의 강약 조절까지도 글의 내용에 포함 시킬 것을 요구하고 있었습니다.

"조선인의 우렁찬 목소리가 담겨 있어야 하겠군요."

중앙보통고등학교 교장 송진우가 말을 받았습니다.

"그러려면 상당한 글 수준을 요구한다고 봐야 하는데, 어떤 분이 그 정도의 글을 써 낼 수 있을까요."

교사 현상윤이 보통 일이 아니라는 생각에 두 사람에게 질문을 합니다.

"적어도 '해에게서 소년에게'를 쓴 육당 최남선이나 '무정'을 쓴 춘원 이광수 아니면 벽초 홍명희 정도가 나서줘야 하지 않을까요? 이들은 조선 3대 천재로 알려져 있는 사람들이기도 하고요."

송진우가 최린의 얼굴을 바라보면서 물었습니다.

"나는 다른 어떤 사람보다도 최남선이어야 한다고 생각합니다. 그는 이미 전국적으로 독립운동가라는 사실이 알려져 있고, 서구적 교양과 재래의 학문을 모두 갖추고 있을 뿐만 아니라 문장력도 뛰어난 사람이므로 독립선언서와 같은 중대한 글을 지을 사람은 그 사람밖에 없습니다."

최남선을 추천하는 최린의 목소리는 두 사람에게 매우 단호하게 들렸습니다. 그도 그럴 것이 최남선은 이미 손병희와 천도교 도사들에게 추천된 인물이었기 때문입니다.

"육당, 독립만세운동에 사용될 독립선언서를 써주셔야겠소이다."

"그런 과업이 저에게 주어진다니 저에게는 다시없는 영광이지요.

그런데…”

말꼬리를 흐리는 최남선의 눈을 쳐다보며 옆에 있던 현상윤이 다그쳐 묻습니다.

“왜? 겁이 나십니까?”

“영광되긴 하지만 느닷없는 일인데다가…”

최남선의 말끝이 흐려지는 것을 보며 최린이 다시 한번 말을 합니다.

“허허. 말꼬리를 자꾸 흐리시는 이유가 정말 궁금하네요.”

“제가 나름 생각하는 부분이 있다 보니.”

최남선은 자꾸만 말끝을 흐리고 있는 중입니다.

“그게 궁금하다는 말입니다. 이러시면 2·8독립선언문을 쓴 아우 이광수와 비교되지 않겠소이까?”

춘원 이광수와 육당 최남선은 형제처럼 친하지만 서로 보이지 않는 경쟁심도 있다는 것을 잘 알고 있던 최린이 강하게 압박을 하며 말했습니다.

“이런 기회가 저에게 주어진다는 것은 굉장한 영광이기에 저는 할 생각입니다만…”

“다만.”

“다만 이름은 넣지 않았으면 합니다.”

“그래요? 서명을 하지 않고 싶다?”

전혀 생각지도 못한 일이라 최린이 다시 되물었습니다.

"저는 독립운동가라는 칭호보다 학자의 길을 걸으며 후대에 제 이름과 업적을 남기고 싶습니다."

최남선이 자신의 속내를 꺼내어 말했습니다.

"아하. 그런 고민이 있으셨구려. 잘 알겠습니다. 그렇게 하시면 되지요. 거사 이후에 고통 받을 일 때문에 그러시는 건 아니신 거죠?"

현상윤이 최남선의 속내를 콕하고 짚어 물어보았습니다.

"……"

대답하지 않는 최남선.

기다릴 시간이 별로 없다고 생각한 최린이 말을 이었습니다.

"그러면 빠른 시간 내에 글을 써주실 수 있겠소?"

최린의 말에 최남선은 다시 한 번 확인하듯 말했습니다.

"저는 글만 쓸 터이니 뒷일은 최린 선생이 모두 책임지는 것으로 해주시오. 그러면 내가 즉시 글을 써 보내겠습니다."

최린의 입장을 눈치 챈 현상윤이 마무리 말을 전합니다.

"여부가 있겠습니까. 걱정마시고 글 초안을 잘 잡아주십시오. 육당 선생님."

"그래서 어떻게 되었어요? 아빠."

"2월 10일, 육당 최남선이 초안을 보내왔고, 그 글은 곧 손병희 대도주와 권동진이 확인하는 작업에 들어갔지. 그리고 마지막에 오세창이 검토함으로써 완성도 높은 독립선언문이 만들어지게 되었단다.”

“오세창이 검토했다고요? 그렇게 따지고 보면 기미독립선언문은 최남선의 글이라고 보기에는 어려움이 있는 거 같은데.”

“초안은 잡았으니까. 그리고 최남선이 워낙 그 시대에 똑똑하기로 유명한 사람이어서 그 이름을 쓰는 것만으로도 사람들에게는 안정감을 줄 수 있는 상황이 벌어졌을 테니 유명세를 이용한 측면이 있는 거지. 그리고 독립선언문에 최남선의 이름이 없는데도 최남선이 쓴 것으로 알려지게 된 것은 3·1만세운동으로 일경에 잡혀간 최린이 독립선언서 초안을 최남선이 썼다라고 말해서 세상에 알려지게 된 거야.”

“그랬군요. 최남선은 유명하고는 싶었지만 고통은 받고 싶지 않은 사람이었다는 생각이 드네요.”

“아빠도 최남선에 대하여는 새날이랑 같은 생각이야.”

“아빠. 과연 어떤 부분이 고쳐졌을까요?”

“아빠가 생각할 땐, 아마도 3월 1일에 발표된 기미독립선언문은 최남선이 초안한 내용보다 더 강한 어조로 바뀐 내용일 거야. 그러니까 2월 10일 최남선이 가져온 처음의 글은 매우 약한 어조의 청원서 정도였을 텐데, 좀 더 강한 어조로 바꿔서 선언서로 완성시키지 않았을까 아빠는 생각해.”

“초안은 굉장히 약한 내용이었을 거라는 뜻이네요.”

“그렇지. 왜 그런 생각을 하게 되냐면 독립선언문을 최린으로부터 요청받을 때, 최남선은 '자기는 글만 쓰고 이름은 안올리겠으니 나머지는 다 당신들이 책임져라.'라는 식으로 행동한 걸 보면, 일본에 대항하여 자주적으로 일어난 민족운동이라고 강력하게 쓰지 않았을 거 같거든."

"저도 그 부분에서는 좀 이상했어요. 나중에라도 '내가 쓰려고 쓴 게 아니고 천도교가 시켜서 썼어요.'라고 할 거 같은 느낌?"

"그래서 마지막으로 기미독립선언문을 검토한 오세창 선생의 한마디가 걸작이야."

"뭐라고 하셨는데요?"

"'요즘 애들은 한문을 몰라서 큰일이야.'라고 하셨대."

"에? 조선 3대 천재 중 한 명인 최남선에게 한문을 몰라서 큰일이라고요?"

"그러니까 걸작이라는 거지. 오세창이란 분이 워낙 유명하고 실력 있는 서예가이셔서 그런 면도 있겠지만, 이 말에는 단순히 글자가 틀린 것을 의미하는 것을 넘어서, 표현과 어조에 대한 것까지 지적한 거라고 아빠는 생각하고 있거든."

"분명히 수정된 부분이 있겠네요."

"이 일 때문에 나중에 만해 한용운이 화를 내지."

"어떻게요?"

"'독립운동을 책임지지도 않을 사람이 선언문을 작성한다는 것은 옳지 않은 일.'이라고 하면서 자신이 '독립선언문을 다시 쓰겠다.'

라고 화를 내신 거지. 그러나 이미 글이 탈고된 상태였기에 그대로
진행될 수밖에 없었던 거란다.”

“아. 그 이야기 저도 들은 거 같아요. 그래서 ‘독립선언서’ 마지막
에 만세운동의 행동지침인 ‘공약삼장(公約三章)’의 내용을 한용운
이 쓰게 되었다는 내용. 맞죠?”

“그래, 우리 새날이는 역사소년이 맞다. 역시 역사소년이야.”

“이 내용이 마지막 검토입니다.”

2월 15일 최남선으로부터 다시 넘어온 독립선언서를 오세창과
권동진에게 보여주며 최린이 입을 연이어 열었습니다.

“제가 먼저 읽어보았습니다.”

내용을 전달받은 오세창과 권동진은 눈으로 훑어본 후 최린을 바
라보며 고개를 끄덕였습니다.

“자! 그럼 날짜 넣어서 인쇄하는 것으로 하겠습니다.”

15

손병희, 미래를 내다본 통찰력

"대도주님. 보성사 운영이 너무나도 어렵습니다. 매달 적자 발생이 커서 계속 운영한다는 것은 사업적으로 타당하지 않다고 봅니다. 인쇄소를 다른 사람에게 처분하는 것이 맞는 거 같습니다. 제가 볼 때는."

보성사 총무 임영수는 천도교 중진들이 모여 있는 자리에서 보성사의 적자(赤字) 운영을 공개적으로 문제 삼았습니다.

중 진 1: 직원들의 월급은 제대로 나가고 있는 겁니까?
손병희: 직원들의 월급은 중앙총부에서 밀리지 않도록 처리하고
　　　　있습니다.

중진 2: 매달 적자가 나서 중앙총부의 성미로 보성사 직원들의 월
급을 준다는 건 전국 교인들에게 미안한 일이 되는 거 아
닙니까?

손병희: 보성사에서는 매달 '천도교월보(天道敎月報)'를 발행하고
있는 등 천도교 기관지를 담당하고 있습니다. 이는 보성사
의 직원들이 천도교 중앙총부 일을 담당하고 있다는 것입
니다. 그러기 때문에 중앙총부에서 월급이 나가는 것은 전
혀 문제가 될 수 없습니다.

중진 3: 매달 적자가 생긴다는 것은 기업 운영 논리에 맞지 않는다
는 생각이 듭니다만?

손병희: 교회에서 하는 일을 어찌 기업 논리에 맞춰 운영하라 하십
니까? 이익이 남지 아니하여도 교회를 위하고, 교인을 위하
고, 직원을 살리는 일이라면 해야 하는 것 아니겠습니까?
이는 우리 교리에도 있지 않습니까? 해월신사법설 십무
천(十毋天) 일곱 번째 내용에는 '무 뇌천(毋 ⊠天)하라.' 즉,
'한울님을 주리게 하지 말라.'라고 분명히 가르치고 있고,
또 임사실천십개조(臨事實踐十個條)의 다섯 번째 내용에는
'빈궁상휼(貧窮相恤)하라.' 즉, '빈궁한 사람을 서로 생각
하라.'라고 가르치고 있습니다.
천도교는 이익을 남기기보다는 한울님 모시는 일에 더 신
경을 써야 합니다.

중진 4: 지금 운영이 그렇게 어렵다는데, 인쇄소를 처분하여 그 이
익을 분배하는 것이 더 현명한 방법이 아닐까요?

손병희: 지금 결손을 본다고 해서 문을 닫아서는 안 됩니다. 한 나
라가 많은 돈을 들여 군대를 양성하는 이유가 무엇입니

까? 그건 일조유사시(一朝有事時)에 대비하기 위함 아니겠습니까! 때가 되면 우리 보성사는 분명히 그 역할을 다하게 될 겁니다. 만일 지금 그 미래를 내다보지 못한다면, 그때가 되어서야 땅을 치고 후회하실 겁니다!

1919년 2월 15일 초안이 결정된 '독립선언서'는 최남선의 자택에 있는 인쇄소 신문관(新文館)으로 넘어가서 조판된 뒤 천도교에서 운영하는 보성사(普成社)로 넘겨집니다.

인쇄물을 대량으로 찍어야 했는데 최남선이 운영하는 인쇄 기계로는 도저히 그 물량을 감당할 수가 없었기 때문에 벌어진 조치였죠.

그런데 문제가 발생합니다. 기계가 서로 맞지 않아 인쇄할 수 없었던 겁니다. 그래서 부랴부랴 기술자들을 동원하고, 최남선의 입회하에 보성사에서 조판을 다시 제작하기에 이르죠. 그리고 마침내 2월 20일 본격적으로 대량 인쇄에 들어갑니다.

1906년 일본 망명을 끝내고 돌아온 손병희는 일본에서 최신 인쇄기와 활자를 구입하여, 그동안 만세보를 찍어내던 박문사(博文社)를 1906년 4월 26일 보문관(普文館)으로 개칭하고 설치하여 『대종정의(大宗正義)』 등 각종 교서 보급에 나섭니다.

그러던 중 민건식이라는 사람에게 사기를 당하여 보문관을 운영할 수 없게 되자, 중앙총부가 직접 운영하는 창신사(彰新社)를 설립하여 천도교 기관지인 『천도교회월보』를 발행토록 하죠.

이는 의암 손병희가 얼마나 인쇄소 설립에 대한 의지를 가지고 있었는지를 잘 말해주는 대목이라고 할 수 있습니다.

그러던 중 1906년, 대한제국 말기 고종의 측근이었던 이용익이 러시아어학교 자리에 설립한 보성고등보통학교가 재정난으로 허덕인다는 소리를 듣고 보성고보를 인수하여, 학교 안에 있던 인쇄소 보성사(普成社)와 천도교 중앙총부 산하의 인쇄소 창신사(彰新社)를 합쳐 보성사(普成社)로 합병하게 됩니다.

대도주 손병희는 이 통합 보성사를 통해 천도교회월보, 교서, 교과서 출판은 물론 일반 출판업까지 사업을 확장하면서 인쇄물을 대량 생산할 수 있는 시스템을 완벽하게 구축합니다.

당시 보성사는 8면 활판기 등을 독일에서 수입하고, 석판 인쇄시설을 갖춤으로써 한국인 소유 인쇄소로서는 가장 좋은 최첨단 시설을 갖추어 놓습니다.

3월 1일 만세운동을 준비하면서 천도교는 일사분란하게 움직였습니다.

2월 20일부터 인쇄에 들어가 25일까지 1차로 25,000매를 인쇄하여, 완료된 독립선언서는 경운동 이종일의 집으로 운반되었다가, 28일 아침부터 전국 각지로 전달됩니다.

미리 정한 대로 암호인 청색지를 가지고 오는 사람에게만 인쇄물을 전달함으로써, 전국으로 안전하게 배포될 수 있게 하였죠.

안상덕이 3,000매를 가지고 강원도와 함경남북도 방면으로 출발하였고, 이경섭은 1,000매를 가지고 황해도 방면으로 출발하였습니다. 김상설은 3,000매를 가지고 평양교구에 1,500매를 넘겨 평남 지역에 배포한 후 나머지 1,500매를 평북 지역에 배포하였습니다. 인종익은 3,000매를 가지고 전라남북도를 거쳐 충청도 지역에 배포하였으며, 기독교 측은 김창준이 3,000매를 가지고 평양과 선천 지방에 배포하였고, 이갑성도 2,000여 매를 가지고 서울 시내와 경상도 지방에 배포하게 됩니다.

불교 측은 만해 한용운이 3,000매를 인수하여 주로 경상도 지역과 서울 일원에 배포함으로써 인쇄소 보성사는 조선팔도 모든 곳에서 독립만세의 소리가 울려 퍼질 수 있도록 그 기반을 마련합니다.

"아빠. 저번에 탐방했던 종로 3가의 조계사 뒤에 있던 그 자리가 보성사 터인 거죠?"

"그래. 우리 새날이가 기억을 잘하는구나."

"그때 아빠가 여기가 인쇄소 자리란다 할 때, 인쇄소와 연관된 상징물이 전혀 없어서 더 깊이 기억 저장소에 새겨 넣었던 것 같아요."

"다행이다. 바로 그 인쇄소가 3·1만세운동을 성공시킨 역사적인 자리란다."

"보성사를 지켜내지 못 했다면 3·1운동은 성공할 수 없었을 거 같아요. 아빠."

"그렇지. 그러니까 더 정확히 말하면, 인쇄소를 지켜낸 손병희 성사님의 미래를 내다보는 통찰력이 3·1만세운동을 성공시킨 거라고 말하는 게 더 정확한 표현일 거야."

"그런데 왜 인쇄소와 관련된 유적이 하나도 안 남아 있게 된 건가요?"

"그건 일제 놈들이 1919년 6월에 보성사에 불을 지른단다."

"네? 일제가 일부러요."

"그래. 그 불로 인하여 보성사 건물 전체가 화염 속으로 사라지게 되는 거지."

"아. 진짜 못된 일본 놈들이네요."

손병희, 10년의 약속을 지키다

"우리가 만세를 부른다고 당장 독립이 되는 것은 아니요. 그러나 겨레의 가슴에 독립정신을 일깨워주어야 하기 때문에 이번 기회에 꼭 만세를 불러야 하겠소."

2월 22일. 천도교 중앙총부에서는 49일 기도회가 끝나고 보고 차 상경한 교구장들과 우이동 봉황각 기도회에 참석했던 중앙총부 간부들을 모아놓고 손병희 대도주는 사자후를 토해내고 있었습니다. 천도교 지도부와 교인들은 어떤 자세로 3·1독립만세운동을 이끌어야 하는지 마지막 지침을 내리는 것이었습니다.

"세상 사람들은 동학이 실패한 혁명이라고 얘기들을 합니다. 그러나 실패한 혁명이 세상에 있을까요? 계급차별로 신음할 때, 동학은 분연히 일어나 평등 세상을 외쳤고 마침내 계급이 사라진 세상을 열었습니다. 그런데 왜 동학이 실패했다고들 이야기하는 겁니까! 그리고 왜 동학 때문에 외세가 들어오는 빌미가 되었다고들 하는 겁니까. 동학이 외세를 끌어들였습니까? 정권유지가 위태롭다고 생각한 위정자들이 끌어들인 사건 아닙니까! 나아가 어떤 빌미든 생기면 언제든 개입하고 조선을 침탈하려고 호심탐탐 노리던 제국주의자들의 욕심이 만들어 낸 결과가 아닙니까. 그런데 왜 무고한 동학이 외세를 개입시켰다고 말하며, 없는 죄를 뒤집어씌우는 겁니까."

손병희는 피고름을 짜내는 아픔을 동반한 목소리로 부르짖었습니다. 그동안 천도교를 공격하기 위해 만들어낸 거짓 홍보에 당당히 맞서 달라는 당부가 담긴 부르짖음이었습니다.

"동학이 주장하는 개벽은 새로운 나라를 만드는 것이 아니라 잘못된 나라를 바로 세우는 것입니다. 반(反)한울님의 정신을 가지고 있는 자들에 의해 잘못 운영되고 있는 잘못된 세상을 바로 세움이니 우리는 이 정신을 꼭 붙들고 가야 합니다. 이것이 곧 비폭력으로 대응하는 우리들의 기본자세요. 한울님 정신을 실천하는 우리의 입장입니다. 곧 다가올 독립의 역사에 우리는 부모님을 공양하듯이, 한울님을 모시는 자세로 앞장서 나갑시다. 그러면 우리는 반드시 승리합니다."

"자네는 기억나는가?"

"무슨 기억."

"손병희 대도주께서 1910년 8월 29일 경술국치가 되던 날. 그날 아침 천도교 중앙총부 조회 석상에서 약속했던 내용을."

"왜 모르겠나. '앞으로 민족 독립은 내가 하지 않으면 안 될 터이니, 내 반드시 10년 안에 이것을 이루어 놓으리라. 이 일은 강력한 조직을 가진 천도교만이 가능하다.'라며 세상에 천명하셨던 일을……"

"그렇지. 우리는 그날부터 지금까지 단 한 번도 잊지 않고 오직 '독립' 두 글자에 목숨 걸어온 자랑스러운 천도교인들 아닌가."

"대도주님의 뜻이 워낙 뚜렷하니까 우리들도 함께 뚜렷해질 수밖에."

"반드시 우리 손으로 10년 안에 독립을 이루시겠다고 호언장담을 하시더니 마침내 그 뜻을 이루시네 그려."

"손병희 대도주님은 대단한 분이셔. 하늘이 내려준 분이 분명하네."

"그러게나 말이야. 정말 딱 10년이 걸렸네. 딱 10년"

봉황각에 모인 천도교 지도부와 교인들은 돌아가며 한마디씩 하는 것이었습니다.

"쉿. 조용히들 들어오시오."

최린은 오른쪽 검지 손을 입술에 얹으며 주변을 살핀 뒤, 얼굴을 확인한 후 안으로 한 명씩 들여보내는 것이었습니다.

조선총독부의 헌병·경찰에 작은 움직임이라도 감지되어 자칫 눈치를 챌까 촉각을 세우는 최린.

"안에는 다들 와 계시니 눈으로 인사하시면 되겠습니다."

2월 28일 밤. 재동에 사는 손병희의 집에는 독립선언서에 서명한 민족대표 중 서울에 있던 23명이 마지막 모임을 가지고 있었습니다.

"3월 1일 오후 2시에 탑골공원에서 모이는 것은 잊지 않고 계시겠지요."

"여부가 있습니까. 그날이야말로 대한독립을 조선 만방에 알리는 날인데."

"그렇죠. 지금 조선의 백성들은 일본에 대한 적개심으로 불타오르고 있습니다. 그런데다가 밖으로는 월슨 대통령의 민족 자결주의가 알려지면서 조선 독립에 대한 열망은 하늘을 찌를 기세입니다."

자리에 모인 사람들은 서로 덕담과 각오가 담긴 이야기들을 나누고 있었습니다. 이때 대도주 손병희가 입을 열었죠.

“이제 3월 1일과 관련하여 실질적이고 구체적인 내용을 검토해 봅시다.”

사람들의 시선은 모두 손병희의 입에 쏠려있었습니다.

“당일 전체 식순을 진행할 사람부터 정해야 하지 않겠습니까?”

“그건 그동안 전단지를 만들며 몇 날 며칠을 고생하신 이종일 선생이 맡으시면 될 것 같습니다.”

기독교계와 불교계는 입을 모아 합창하듯 대답을 하였습니다.

“그럼, 독립선언문은 누가 읽는 것이 합당하겠습니까?”

“불교계를 대표하는 한용운 선생이나 처음부터 끝까지 이번 일을 주도한 최린 선생 두 분 중에서 한 분이 하시는 게 합당하리라 봅니다.”

이승훈 목사가 만해 한용운과 최린을 추천합니다.

이에 최린이 나섭니다.

“만해 스님으로 결정하는 것이 좋겠습니다.”

“그럼, 최린 도사의 말대로 정리합시다.”

손병희 대도주가 내용을 정리해 가고 있는 상황에서 박희도가 말을 꺼냅니다.

“그런데 제 생각에는 그날 탑골공원에서 만세삼창을 하게 되면 학생들과 참가한 시민들이 흥분하여 자칫 폭력 사태로 이어질 수도 있지 않을까 걱정이 많습니다.”

3월 1일에 일어날 수 있는 상황에 대하여 세밀하게 점검할 필요가 있다는 취지의 말이었습니다.

"여러분들의 의견은 어떻소이까?"

타당한 의견이라는 생각이 들은 손병희는 다른 사람들의 의견까지 청취하여 정리할 생각으로 말을 이어갑니다.

"저도 비슷한 생각입니다. 잘못하면 우리의 생각보다 더 많은 사람들이 고통을 받을 수도 있겠다는 생각을 합니다."

최린이 생각을 보탭니다.

"그럼, 장소를 어디로 변경하면 좋겠습니까?"

"저희는 종로 거리를 잘 모르니 대도주께서 정하시면 좋겠네요."

"그럼. 태화관(泰華館)으로 합시다. 많은 사람이 모이기에는 거기만큼 안성맞춤인 곳도 드물죠."

"그리고 우리의 거사를 조선총독부에 알리는 건 누가하면 좋겠습니까?"

"그건 최린 선생이 맡으면 좋을 것 같습니다. 전체 내용이 끝난 후 조선총독부에 전화를 걸어 알리면 될 거 같은데요."

신홍식의 발언은 2월 28일 밤 마지막 회동의 마무리 발언이 되었습니다.

『질 문: 피고 등이 파고다공원에서 독립선언을 하다는 것을 학생들이 이미 알고 있었는가?

손병희 답변: 우리들은 전에 미리 학생들에게 통지한 일이 없고, 3

월 1일 통지가 왔을 때 학생들이 파고다공원에 모여 있을
것이라고 하므로, 나는 학생들이 오늘 일을 알고 있다고 들
었으나, 그것을 어떻게 알았는지는 모른다.

질 문: 피고들은 어째서 명월관 지점으로 모였는가?

손병희 답변: 그것은 우리들이 파고다공원에 가서 선언서를 발표
하고 그 곳에서 체포되면 많은 학생들이 무슨 일을 할지
모르겠다고 생각하고 명월관 지점으로 갔는데 그 곳에서
체포되었다.

질 문: 어떠한 뜻으로 3월 1일에 독립선언을 하려고 하였는가?

손병희 답변: 그것은 선언서의 인쇄가 그때까지는 될 것으로 생각
하였으므로 그 날로 정하였지 다른 이유는 없다.

질 문: 피의자는 조선의 독립이 될 줄로 생각하는가?

손병희 답변: 그렇다. 될 줄로 생각한다.

질 문: 어째서 된다고 생각하는가?

손병희 답변: 그것은 목하 파리에서 개최 중인 강화회의에 일본은
5대국의 일원으로 동 회의에 참석하고 있다. 동 회의는 민
족 평화 등의 권리를 줄 것을 의제로 하고 있는데 그 회의
에 참석 중인 일본은 조선의 안녕질서를 보호하고 유지하
기 위하여 조선의 독립을 승인할 것이라고 생각하였고, 또
지금 영국에서는 아일랜드를 독립시키는 것을 신문으로
보았다. 이런 것으로 보아 일본은 당연히 조선독립을 시키
는 것이 옳은 일이라고 생각한다.

질 문: 그런데 선언서를 본 즉 조선민족에 대하여 최후의 일인,
최후의 일각까지 정당한 의사를 발표하라고 했는데, 이것
을 본즉 어디까지나 독립의 의사를 발표할 것을 권하고 민

족 전체의 분기를 재촉하는 것이 아닌가?

손병희 답변: 그렇다. 선언서는 그렇게 되었다. 조선민족은 최후
의 일인, 최후의 일각까지 어디까지나 독립의 의사를 가지
고 있다. 그래서 그것을 발표하게 된 것이다.

질 문: 요컨대 이 취지에 의하면 최후의 일인까지 어디까지나 반
항하라는 것이니 이런 선언서를 피고 등의 명의로 발표하
면 보는 사람은 어떠한 태도로 나올까 하는 것은 피고는
예상하고 있었는가?

손병희 답변: 지금 지방법원 예심결정서를 보면 우리들이 선언서를
발표하기 때문에 각처에서 폭동이 일어났다고 쓰여 있으나,
나는 이러한 일이 있으리라고는 조금도 예기치 않았다.

질 문: 천도교는 본년 1월부터 2월까지 기도회를 열 것을 각 교도
에게 시달하고 시행한 일이 있는가?

손병희 답변: 나는 해마다 기도를 올리는데 천도교에서는 협의상
1월부터 2월까지 49일 간 기도할 것을 결정하였다.

질 문: 이 기도는 어느 때부터 조선독립을 성취할 시기를 달라고
한 것이 아닌가?

손병희 답변: 그렇다.

질 문: 피고는 금년 2월 25일경 김상규에게 천도교 보관금 중
60,000원을 대여한 일이 있는가?

손병희 답변: 그렇다. 3만 원씩 2회에 60,000원을 대여하였다. 안
동현에서 좁쌀을 매매하면 이익이 있다고 하므로 만주 좁
쌀을 조선으로 수입하여 배고픈 조선 민을 구제할 일이라
는 생각으로 김상규에게 융통하였는데, 그 일은 천도교 사
업으로 하였다.

질　문: 그 60,000원은 독립운동에 사용할 목적으로 상해 임시정
　　　　부 수립자금과 이강공의 해외에 갈 준비금으로 썼는가?
손병희 답변: 그렇지 않다.
질　문: 천도교의 교도는 전부 얼마나 되는가?
손병희 답변: 천도교는 교도의 교안이 있는데, 그 수는 약 300만
　　　　명에 달하고 있으나 실제 의무를 다하고 있는 교인이 200
　　　　만 명가량이 되나, 정확한 숫자는 나도 모른다.
질　문: 피의자는 장래나 미래도 독립운동을 하려고 하는가?
손병희 답변: 기회가 있으면 독립운동을 하려는 나의 의지를 관철
　　　　하려고 생각하고 있다.

- 3월 1일 남산 경무총감부에 구속된 후 작성된
손병희 대도주 취조서』

3월 1일 오후 2시, 최린은 태화관 주인 안순환(安淳煥)에게 조선
총독부 정무총감 야마가타 이자부로에게 전화를 걸어 민족대표 일
동이 여기에서 독립선언식을 거행하고 나서 축배를 들고 있다고 통
고하게 하였습니다.

이 통고를 받은 일본 경찰대 80여 명이 즉각 달려와 태화관을 포
위하였고, 이때 민족대표들은 독립을 선언하는 한용운의 간단한 진
행에 맞춰 의식을 치른 후, 그의 선창으로 대한독립만세를 제창한
뒤 의연하게 일본 경찰에게 연행되었습니다.

　민족대표들은 남산 경무총감부와 지금의 중부경찰서로 연행되었으며, 저녁 무렵 길선주 등 태화관에 도착하지 못한 나머지 4인도 경찰에 자진 출두하였습니다.

　도쿄에 밀파된 임규(林圭)·안세환(安世煥) 등은 뒤에 일본 정부와 의회에 독립선언서 등을 우송하였고, 상하이에 밀파된 김지환(金智煥)은 윌슨과 파리강화회의의 각 대표에게 독립선언서와 청원서를 송신하였습니다.

　이 무렵 탑골공원에는 서울의 중등학교 이상의 남녀학생 4,000～5,000명이 몰려와 엄숙한 '독립선언식'을 기다리고 있었습니다. 이들은 강기덕(康基德)·김원벽 등의 연락을 받고서 오전 수업을 마치자 곧 학교별로 달려온 것이었습니다.

오후 2시가 되었는데도 민족대표 33인이 보이지 않자 한동안 당황하였으나 경신학교 출신 정재용이 팔각정에 올라가 독립선언서를 낭독했습니다. 독립선언서의 낭독이 거의 끝날 무렵에 학생들은 모자를 하늘로 날리며 '대한독립만세'를 외쳤습니다. 그리고 종로쪽으로 뛰쳐나와 시위행진에 들어갔습니다. 거리에는 자그마한 태극기와 선언서가 하늘에서 내리는 꽃비처럼 쏟아졌죠.

시위 대열이 대한문(大漢門) 앞에 이르렀을 때는 온 서울 시내가 흥분된 군중과 만세소리로 들끓었습니다. 시위행렬은 대한문 앞에 이르러 고종황제의 빈전(殯殿)을 향해 삼례(三禮)를 올렸습니다.

그리고 대열을 나누어 한 대열은 정동의 미국 영사관 쪽으로 향하고, 다른 한 대열은 남대문을 지나 왜성대(倭城臺)의 총독부로 향했죠.

이 만세시위행진은 각 동(洞)으로 퍼져 되풀이되었으며, 해질 무렵부터는 교외로 번져나갔으나 시위군중은 공약 3장에서 밝힌 대로 질서를 유지했기 때문에, 단 한 건의 폭력사건도 발생하지 않았습니다. 그러나 일본 군대와 기마경찰의 무력 저지로 인해 평화적 시위를 하던 군중들은 강제 해산되고 주모자 130여 명이 체포, 구금되는 사태가 벌어졌습니다.

3월 1일에 독립만세운동을 벌인 곳은 비단 서울만은 아닙니다. 평양·진남포·안주·의주·선천·원산 등 이북지방에서도 비슷한 형태의 독립선언식과 만세시위운동이 전개되었습니다. 이들 도시가 서울과 같은 날에 만세운동을 일으키게 된 것은 경의선과 경원선의 철도 연변에 위치하고 있어서 연락이 쉬웠을 뿐만 아니라, 천도교 교구가 각 지역 별로 빈틈없이 자리 잡고 있었기 때문에 가능한 일이었습니다. 이렇게 하여 3월 1일에 점화된 독립만세운동의 불길은 날이 갈수록 전국 각지로 번져갔습니다. 서울·평안남도·평안북도·함경남도의 시위에 이어 2일에 경기도의 개성, 3일에 충청남도의 예산 등에서 치열하게 전개되었습니다.

그밖에 전라북도는 4일 옥구 시위로, 경상북도는 8일 대구 시위로, 전라남도는 10일 광주 시위로, 강원도는 10일 철원 시위로, 함경북도는 10일 성진 및 임명 시위로, 경상남도는 11일 부산진 시위로 각각 도내 각지로 번져갔습니다. 3월 19일 괴산 시위로 충청북도에 점화됨으로써 전국 13도가 골고루 3·1운동의 대열에 나서게 되었습니다.

3월 21일에는 바다를 넘어 제주도에까지 파급되어, 3·1운동은 한국 역사상 최대의 민족운동으로 발전하게 되었습니다.

3·1운동의 비폭력 항쟁 중에서도 3월 1일부터 4월 30일까지 만세를 부른 사람의 수효는 46만 3086명 정도였습니다. 이는 1919년 3월 당시 전체 인구 1,678만 8,400명 중 2.76%에 해당하는 인원이며, 당시 조선총독부의 공식 집계에 따르면, 106만 명이 참가하여 진압 과정에서 553명이 사망, 12,000명이 체포된 것으로 파악되었습니다.

17

제2의 3·1만세운동을 막아라

"아버지. 김구 주석께서 오셨어요."

1922년 5월 18일. 죽음 앞에선 손병희 대도주의 입안으로 자신의 새끼손가락을 깨물어 솟아나는 붉은 피를 뚝뚝 떨구어주던 둘째 딸 손광화는 손병희 대도주의 묘가 있는 봉황각을 찾아준 김구 주석 일행을 뒤로 한 채 소리쳐 울며 말했습니다.

1945년 11월 23일. 중경 임시정부에서 활동하던 김구 주석과 김규식, 이시형, 유동렬, 엄항섭 등의 임정요인들은 귀국하자마자 제일 먼저 우이동 봉황각에 자리한 손병희 성사님의 묘소를 찾았기 때문입니다.

김구 선생님은 천도교 중앙대교당에서 귀국보고대회를 열며 이렇게 말했습니다.

"이 교당이 없었다면 3·1운동이 없었고, 3·1운동이 없으면 상해 임시정부가 없고, 상해 임정이 없으면 대한민국 독립이 없었을 것입니다."

김구 선생을 비롯한 임시정부 요인들은 조선독립에 있어 손병희 성사가 끼친 영향이 얼마나 큰지를 너무나도 잘 알고 있었던 것이었습니다.

"뭐라고요? 아버지가 들것에 실린 채로 재판을 받는다고요?"

의암 손병희의 가족들은 아연실색하며 일제(日帝) 놈들의 악랄한 행동에 치를 떨어야만했습니다.

“아니. 저 천인공노(天人共怒) 할 놈들이, 뇌출혈로 쓰러져 반신불수가 되었는데도 병보석은커녕 계속 고문질을 해대더니 이제는 그것도 모자라 들 것에 싣고 나와 재판을 진행한다고? 일본 놈들이 네 아버지를 시체로 만들어 내보낼 작정을 한 모양이구나. 아이고. 아이고.”

손병희 성사의 부인 수의당(守義堂) 주옥경 여사는 분노로 온몸을 부들부들 떠는 것이었습니다.

주옥경 여사의 호 수의당(守義堂)이라는 뜻은 ‘의암(義菴)을 지킨다.’ 즉, ‘의암 손병희를 지킨다.’는 뜻을 가지고 있는 호입니다.

1919년 3월 1일 독립선언 후 서대문감옥에 수감된 의암 손병희는 그해 11월 28일 뇌출혈로 쓰러져 반신불수가 됩니다. 이런 상황에서도 가족들이 낸 병보석을 일제(日帝)는 허락하지 않습니다. 그리고 그 해 12월 12일에 손병희 대도주를 들것에 싣고 재판을 강행하죠. 그리고 이틀 뒤 14일에는 언어불통 상태에 빠집니다.

“도저히 안 되겠어요. 다시 한번 병보석을 신청해보도록 하겠습니다.”

손병희의 셋째 사위 소파 방정환이 나섭니다. 그러나 일제는 끝끝내 이를 허락지 않았습니다.

결국 1920년 10월 30일 복심법원에서 보안법 상 최고형인 3년 징역 언도를 며칠 앞두고 형집행정지 결정이 내려져 그날 오후 숭인동 상춘원으로 돌아오게 됩니다.

투옥된 지 1년 8개월 만에 의암 손병희 대도주는 집으로 돌아오게 된 것입니다.

"아버지. 저희들을 알아보실 수 있겠어요?"

차녀 손광화, 삼녀 손용화, 둘째 사위 정광조, 셋째 사위 방정환이 눈물을 뚝뚝 흘리며 시체에 가까운 대도주 손병희의 몸을 부여안고 소리 내어 흐느끼는 것이었습니다.

영어(囹圄)의 몸에서 풀려난 대도주의 병세는 극히 위독한 상태.

온몸은 부어 있고, 의식은 전혀 없었으며, 손가락 하나 움직일 수 없는 상태였죠.

1922년 가족들의 노력으로, 의암 손병희의 몸 상태와 의식은 상당히 호전되면서 조금씩 운신할 수 있는 정도가 되었으나, 5월 중순 갑자기 상태가 악화되어 5월 19일 오전 3시에 조용히 환원하시니, 향년 62세였습니다.

이때 대도주의 둘째 딸 손광화가 새끼손가락을 깨물어 그 피를 손병희의 입에 흘려 넣자 잠시 좋아지는 듯하였으나, 이내 숨을 거두고 말았습니다.

"큰일 났습니다. 큰일 났습니다."

총독부의 계단을 쾅쾅거리며 미친 듯이 뛰어 올라가는 총독부 경무국 사무관 최경진(崔慶進).

"손병희가 죽었습니다."

그는 세상이 떠나갈 듯한 큰 소리로 의암 손병희의 죽음을, 정무
총감 야마가타 이자부로에 보고하였습니다.

보고를 받은 정무총감 야마가타 이자부로(山縣伊三郎)도, 이 사실
을 즉시 제3대 통감인 사이토 마코토(齋藤 實)에게 보고했습니다.

"뭐라고 손병희가 사망했다고? 그럼 큰일이지 않은가!"

"네. 무슨 조치를 하지 않으면 큰일이 터질 거 같습니다."

"뭐 하고 있나, 당장 회의 소집하지 않고! 자칫 잘못하면 제2의
3·1운동으로 터져 나올 수 있다는 걸 모르고 있나? 앙~."

제3대 통감 사이토 마코토(齋藤 實)는 자리에서 일어나 안절부절
못하며 계속 소리 질렀습니다.

"3·1만세운동의 주모자가 형집행정지로 석방되었기 때문에 장례
의식은 성대히 거행 할 수 없다고 문제를 삼아라."

"그리고 장지(葬地)는 시내(市內)는 안 된다고 해. 멀리 떨어진 곳
이라야 허가해준다고 전해. 제발 멀리 떨어진 곳이어야 된다."

"그리고 장사를 지내는 동안 경찰, 헌병 모두 배치해서 전부 개입
시키고, 삼삼오오 사람들이 모여 있게 하면 절대 안 돼. 말 안 들으
면 전부 잡아들여."

"그리고 죽어도 다시는 제2의 3·1만세운동이 일어나게 해서는
안 돼. 제2의 3·1만세운동은 절대 막아야 해. 경찰과 헌병들에게
특별 지시해서 반드시 막아라. 알았나? 야마가타 이자부로(山縣伊
三郎) 정무총감."

“넵.”

　1922년 5월 21일, 의암 손병희 성사의 운구가 상춘원을 떠나 우이동 봉황각에 도착할 때까지 장례 행렬에 참여한 사람들의 수는, 지방에서 상경한 천도교인 1만여 명과 일반 사회 및 내외국인 등을 합쳐 3만여 명에 이르렀습니다.

3·1만세운동의 연출자
'손병희'

초판발행 　2025년 8월 15일
지 은 이 　신동명

발 행 처 　도서출판 혜민기획
인쇄·디자인 　대명피엔피컴
출판등록 　제2-2017호
주　　소 　서울시 중구 퇴계로 226, 405호(복조빌딩)
전　　화 　02-722-0586 FAX 02-722-4143
이 메 일 　dmo4140@hanmail.net

정가 15,000원